KB088620

조 금 씩 천 천 히

페미니스트 되기

조 금 씩   천 천 히

페미니스트 되기

나와 세상의
경계를 허무는 페미니즘

홍아미 지음

폭스코너

나의 어머니께

그리고

세상의 모든 위대한 딸을 창조해낸

세상의 모든 어머니들에게

3부 세상을 널리 이롭게 하는 페미니즘

1부

가부장제,
그 이상한 나라에서

—

엄마가 나를 낳았다, 가부장제의 세상에

1981년 6월 20일에 나는 태어났다. 할머니는 첫 손주를 당신 손으로 직접 받기를 원했다. 옛날엔 다 그랬으니까. 당신도 다섯 남매를 다 그런 식으로 낳았으니 며느리 또한 전통적인 방식으로 낳기를 바랐다. 아무리 시대가 달라졌어도 변하지 않는 게 있는 법이니. 뜨거운 물을 준비하고, 어머니의 입에 부드러운 천을 물렸다. 사실 할머니는 직접 애를 받아본 경험이 없었다. 곁눈질로 보고, 이웃 아낙들이 애를 낳을 때 돕기만 했을 뿐이었다. 하지만 몇 시간이 지나도 진통만 계속되자 슬슬 불안해지기 시작했다.

당시 인천 길병원에서 간호보조로 일하던 큰고모가 난리

를 쳐서 응급차를 보냈다. 그제야 고통에 신음하던 어머니를 분만실로 데려갔다. 이후로도 한참의 진통 후, 새벽 두 시 반 경에 3.2킬로그램의 나를 낳았다. 딸이었다.

어머니와 아버지는 고작 스물네다섯 살에 불과했다. 인생의 가장 빛나는 시기여야 할 두 사람의 이십 대는 고스란히 무거운 생계와 아이를 낳고 키우는 일로 채워질 것이었다.

구례골에서 막 올라온 할아버지는 아끼고 아껴 모은 돈 500만 원으로 인천 십정동에 35평짜리 집을 샀다. 그리고 그 집에서 일 년도 채 살아보지 못하고 숨을 거두었다. 촉망받는 장남이었던 아버지는 그대로 가장의 짐을 물려받았다. 노모와 어린 동생들은 이제 오롯이 자신의 짐이었다. 그 거대한 책임감에 숨도 제대로 쉬어지지가 않아 장례식장에서 눈물도 나오지 않았단다.

내가 태어났을 때 그 집에는 할머니와 아버지, 어머니, 수많은 삼촌과 고모들로 가득한 대가족이 살고 있었다. 물론 기억나지는 않는다. 나의 탄생은, 새로운 세대의 첫 포문을 연 셈이었다. 1980년대라는 새로운 시대를 맞아 아버지 세대에서의 첫 혼인이 이뤄졌고, 첫 출산으로 내가 태어났다. 이 얼마나 의미심장한 탄생인가.

이왕이면 아들이었으면 좋았겠으나—할머니가 많이 아쉬워했다—딸이었고, 게다가 까맣고 못생기기까지 했다. 못생긴 게 밤낮으로 울기만 해서 "너는 웃는 사진이 하나도 없다"는 타박을 엄마는 지금도 한다.

어쨌든 내가 태어나고 자란 집은 이런 환경이었다. 산업화 시대가 시작될 무렵, 생존을 위해 온 가족이 도시로 이주해오자마자 가장을 잃었고, 새 가장이 취임했다. 살아남기 위해서라도 가부장의 권력은 막강해야 마땅했으리라. 아버지가 이른 나이에 결혼을 결심한 것도 그 때문이었다.

지금 생각하기에는 '엄마는 무슨 맘으로 이런 집안에 시집 올 생각을 했을까' 싶지만 1970~80년대까지도 부모님이 정해주는 집안과의 혼인이 흔했고, 일단 시집을 가고 나면 '시집 귀신'이 되어야 한다는 관념도 뿌리 깊었던 것 같다. 엄마는 삶이 흘러가는 대로 자신을 맡겼다. 학교를 보내주지 않으면 안 갔고, 선을 봐서 시집이나 가라 하면 그렇게 했다. 도시에서 살 수 있으니 시골구석에서 농사짓는 것보다야 편하지 않겠나, 이런 마음도 있었을 것이다. 어쨌거나 매서운 눈빛의 시어머니와 줄줄이 딸린 시동생들을 보며, 스물넷의 어린 여자가 삶에 대한 부푼 꿈을 꾸기는 힘들었을 터다.

결혼 전, 아버지가 엄마에게 받아놓은 약속이 있었다. 저녁을 먹고 잠들기 전까지는 안방에서 시어머니와 시간을 보낼 것. 동생들을 모두 출가시키고 난 후에 우리 재산을 모을 것. 한마디로 '같이 고생 좀 하자'는 얘기였다. 물론 떡밥도 잊지 않았다.

"나중에 붉은 지붕을 한 근사한 양옥집을 지어줄게."

엄마는 고개를 끄덕였다. 아버지는 멋지게도 오십 대가 다 지나가기 전에 그 약속을 지켰다. 문제는 본인 고향에 지었다는 거지만.

내가 만약 엄마 대신 그 시절에 그런 환경에서 태어났다면, 아마 찍은 듯이 똑같은 삶을 살지 않았을까. 자신의 삶을, 엄마는 그리 좋아하지 않았다. 진절머리가 나는 시어머니의 감시와 잔소리, 자기 말만 무조건 옳다며 아내를 무시하는 남편, 짐짝 같은 시동생들과 오지랖 넓은 친척들. 맏며느리로서 주어진 자신의 삶을, 엄마는 절대 사랑할 수 없었다. 그러나 그것이 자신에게 주어진 삶이었으므로, 숙명을 거부할 힘이 없었으므로 자신의 목소리를 철저하게 죽이고 살 수밖에 없었을 것이다.

다시, 나의 탄생 순간으로 돌아가보자. 내가 태어났을 때,

스물네 살의 엄마는 어떤 마음이었을까. 나는 감히 상상할 수도 없다. 운명이 점지해준 그 길대로만 터벅터벅 걸어가는 어린 여자의 연약함과 강인함에 대하여. 나의 탄생은 마치 당신의 운명을 결정짓는 신의 낙인 같은 거였을지도 모른다. 작고 까만 것이, 툭하면 빽빽 울어대며 나를 살려내라고, 당신의 책임이라고 주장할 때마다 어쩌면 엄마는 귀를 막고 싶은 심정이었을까.

역시나 엄마는 순종했다. 고된 시집살이에 아이를 낳고도 체중은 42킬로그램에 가까울 정도로 바싹 말라갔지만, 묵묵히 아침마다 수많은 가족들의 밥을 짓고 자식에게 젖을 물렸다. 많은 말을 하지 않았고, 시키는 일을 했으며, 자식을 낳았다. 그것이 우리 엄마가 해낸 가장 위대한 일.

엄마는 나를 낳았다. 그러나 정작 나를 키운 건 가부장제였다. 엄마 또한 가부장제의 철저한 일부였으므로. 여자로서 도저히 행복할 수 없는 가부장제의 울타리 속에서 나는 태어나고 자랐다. 엄마는 여전히 그 안에 있고, 나는 지금 밖에서 바라보고 있다. 울타리 밖에 있으나 여전히 그 족쇄에서 자유롭지 않음을 알고 있다. 내가 자란 고향을 완전히 떠나는 것이 가능하기나 한 일일까. 엄마가 저 안에 있는데?

울타리 안으로 들어가지도, 떠나지도 못한 채 나는 언제까지 죄책감과 답답함에 괴로워해야 할까. 그걸 알고 싶어서 나는 글을 쓰기 시작했다.

우 린 참 어 둡 게
살 았 어

할머니는 내가 태어났을 때부터 할머니였다. 내가 결혼하기 전까지 무려 삼십 년에 가까운 시간 동안 매일 봤던 얼굴, 그 익숙한 얼굴은 그대로인데 눈빛이 낯설어지고 공허해지는 순간 우리 가족 모두는 크든 작든 충격을 받았다.

급성 뇌병변으로 쓰러진 할머니를 맨 처음 발견한 건 아버지였다. 화장실에서 일어나다가 넘어지신 듯했다. 하의가 벗겨진 채 차가운 욕실 바닥에 주저앉아 멍한 눈빛으로 어쩔 줄을 몰라 하는 모습이 아버지가 목격한 장면이었다. 그 이후에 일어난 일들이야 정해진 순서처럼 착착 진행되었다. 할머니는 뇌병변, 치매 3기 판정을 받았고, 약 육 개월의 요양병원

치료 후 호전되었다는 의사의 판단 아래 다시 집으로 돌아올
수 있었다.

발병 후 할머니는 확실히 달라졌다. 눈에서 총기가 사라졌
다. 할머니의 영혼은 제멋대로 돌아가는 시곗바늘에 차여 종
잡을 수 없이 휘청거리는 느낌이었다. 아무것도 없는 방 한구
석을 유심히 바라보며 "저이가 누구여? 이? 이리로 와~" 손짓
까지 하는 바람에 소름이 끼친 적도 있고, 자식들의 얼굴을 알
아보지 못하고 이름을 기억해내지 못하는 경우도 부지기수
였다. 그 와중에 첫 자식인 아버지와 첫 손주인 나만은 잊은
적이 없는 걸 보면 기억에도 우선순위가 있는 모양이다.

할머니의 병증은 꽤 양상이 다양했는데, 할머니의 기억이
자꾸 과거로 거슬러 올라가면서 자식들의 고충은 날로 더해
갔다. 치매에 걸리면 가장 최근의 기억부터 사라지기 시작해
과거의 가장 충격적인 순간에 오래 머문다고 한다. 할머니의
시간은 과거의 어느 시점에 잠시 멈추었는데, 그게 하필이면
갓 시집와 자식을 낳지 못하던 오 년간의 시간, 그때였던 모
양이다.

"아이고, 너희 할머니 때문에 죽겠다. 잠깐 알아보는가 싶
다가도 금세 아주머니는 누구요? 하신다니까. 이젠 너희 아

빠도 못 알아본다."

엄마의 하소연이 자주 들린 것도 그즈음이었다. 할머니는 자신의 아들을 젊은 시절의 남편으로 종종 착각했다. 그리고 남편이 자신이 보는 앞에서 다른 여자와 바람을 피운다고 생각해 자주 화를 냈다. 아버지는 자다가도 할머니가 자신을 유심히 쏘아보고 있다는 기척을 느꼈다고 한다. 아무리 말해도 못 알아들으니 그냥 두었다고 했다. 그러다 사달이 난 것은 일가친척, 손자손녀들이 다 모인 설 명절 전날 밤이었다.

여느 명절 때처럼 여자들은 둘러앉아 만두를 빚고, 남자들은 술상을 앞에 두고 동계올림픽 중계를 보며 왁자지껄 떠들던 시간. 거실 병상에 홀로 누워 주무시는 줄 알았던 할머니가 갑자기 벌떡 일어나더니 거실 한복판에 서서 고래고래 소리를 지르기 시작했다.

"이 개썅년들! 여기가 어디라고 기어들어와서 난리를 치고 지랄이여? 미친 망할년들, 어디 본데없이 자라가지고 ㅇㄹㅃ#@$@@^%#ㄲ&@%$&*%(%!!!"

안타깝게도 출가외인이라 그 명장면을 직접 관람하지 못한 나는 사촌동생들에게 전해들은 워딩만으로 짐작해 옮겨볼 뿐이다. 어쨌든 그날 그 자리에서 할머니의 거친 욕설을 직접 들은 자손들은 모두 엄청난 충격과 공포에 휩싸여 마치

퓨마에 쫓기는 사슴 떼처럼 허겁지겁 각자의 방으로 흩어졌다고 한다. 할머니를 달랠 수 있는 사람은 아버지뿐이었다.

"어휴, 난 할머니가 그렇게 쌍욕을 하는 모습은 태어나서 처음 봤어. 소리도 얼마나 컸다고. 응축된 분노를 쏟아내는 것 같았다니까."

명절이나 생신 때만 큰집에 방문해 자애로운 할머니의 모습만을 기억하는 사촌동생은 충격이 어마어마한 모양이었다. 다음 날 시집에서 명절을 보낸 우리 부부가 집에 도착했을 때 할머니는 다시 평소의 무기력한 모습으로 돌아와 있었다.

육체는 생명력이 다해 이제 귀도 잘 안 들리고, 무릎 연골은 인공관절로 교체한 지 오래. 그나마 오른쪽은 마비증세 때문에 마음대로 움직이지도 못한다. 거기에 이제는 정신도 온전치 못하고. 할머니에 대한 연민으로 가슴이 죄이는 것 같았다.

할머니와 오랜 시간을 함께 보낸 나는 할머니의 영혼이 멈춘 그 시간에 대해 알고 있었다. 시집온 후 오 년 동안 아이가 들어서지 않아 온갖 고생을 했다던 그 시절. 그냥 지나가듯이 아무렇지 않게 흘려들었던, 무려 육십 년 전의 이야기. 얼마나 사무쳤으면 지금까지도 가슴에 한이 맺혔던 걸까.

"하루는 밭일 마치고 집에 갔더니 집에 웬 여자애들이 있는 거야. 느이 할아버지랑 여자애들 둘이 낄낄거리는 소리가 방문 밖까지 흘러나왔지. 어머니한테 '저이들은 누구예요?' 물었더니 옆 동네 누구누구네 집 애들인데 놀러왔다고 날더러는 건넌방에서 자라고 하더라고. 그 앞에서는 아무 말도 못 했는데 쌀 씻다가 부아가 나서 다 내팽개치고 가까운 친척네 집으로 가버렸어. 그때까지 애도 못 낳은 몸이어서 말도 못하고 살았는데, 소박을 맞거나 말거나 더러워서 참을 수가 있어야지. 그 소릴 듣고 친척 언니가 그 길로 우리 집에 달려가서 세상 어디에 이런 법도가 있냐고 다 뒤집어놨다는 거야. 그 언니가 중매를 서줬었거든. '얘, 너 여기 있지 말고 얼른 돌아가라. 귀신 되기 전에는 나오면 안 돼' 그러고 보내더라고."

"그래서 그냥 집에 들어가셨어요?"

"마당가에 쭈뼛거리고 서 있었더니 여자애들은 다 쫓겨나갔는지 없고, 느이 할아버지 혼자 방에 누워 있다가 이불을 턱 젖히더니 들어오라더라. 그렇게 너희 아빠가 생겼지."

오래전 보았던 장예모 감독의 〈홍등〉이라는 영화가 오버랩된 건 우연이었을까. 영화의 배경이 되는 커다란 저택은 그 자체로 거대한 가부장제의 메타포였다. 수많은 아내들 가운데 과연 승자가 있는가. 가부장제의 울타리 안에서 여자의 승리라는 게 가당키나 한가. 완벽한 대칭을 이루는 미장센은 아름답고 안정되어 보이는 구도였지만, 어디에도 도망칠 구석이라곤 없는 숨 막히는 지옥이었다. 그 안에서 여자들은 둘중 하나였다. 죽거나 혹은 미치거나.

할머니는 또 그때 꿈을 꾸었을지도 모른다. 어두웠던 시절. 시집가기 싫다고 울던 소녀가 결국은 낯선 남자와 짝지어지고 그 남자의 자식을 낳아야만 살아남을 수 있었던 시절. 마음대로 되는 건 아무것도 없는데 무엇이든 시키는 건 다 하고, 다 참아내야 했던 시절. 갓 시집와 남편도, 시어머니도 모두 낯설기만 한데, 그 자리마저도 빼앗길지 모른다는 불안감에 어린 새댁은 얼마나 떨었을까. 치미는 두려움과 분노를 어디에도 발산하지 못한 채 할머니는 그대로 가슴속에 묻고 할아버지가 열어준 이불 속으로 걸어들어갔다. 그러나 분노의 불길은 육십 년이 지나도 꺼지지 않았던 모양이다. 어슴푸레한 어둠 속에서 자세히 내용은 알아들을 수 없지만 자기들끼리 마냥 즐겁다고 깔깔대며 웃는 소리가 들려오자, 사그라진 줄 알았던 불씨가 화르륵 되살아난 걸 보면.

어쨌든 할머니가 자존심을 굽히고 이불 속으로 들어간 덕에 아버지가 태어났고, 그 뒤로 줄줄이 오 남매가 탄생했다. 다복한 다섯 가족이 만들어졌고, 그 속에 나도 있다. 그렇다면 이 이야기는 결국 해피엔딩인 것인가.

글쎄, 난 잘 모르겠다. 아주 나중에 할머니가 할아버지의 바람을 묵인한 시집 친척들에게 타박하듯 이야기를 했더니 한 친척 할머니는 별 대꾸 없이 가만히 듣다가 그러더란다. "우리가 참 어둡게도 살았어, 그치?"

그게 다. 할머니는 그 이상의 하소연이나 신세한탄을 하지 않았다. 남편이 일찍 세상을 떠나고도 자식들을 번듯하게 키워내기 위해 할 수 있는 모든 일을 했다. 어두운 시절을 기어코 살아냈다. 다만, 여든일곱의 할머니 안에서 여전히 분을 참지 못하고 서러운 눈물을 흘리는 스물넷의 젊은 새댁의 마음은 풀리지 않았다. 말도 안 되지. 어쩜 이 세상은 이토록 부조리할 수가 있을까. 여자의 삶은 왜 이렇게 오랫동안 억울한 일투성이일까.

나는 더럽혀지지
않   았   다

이 이야기를 어떻게 시작해야 할까. 단 한 번의 사건이라고 말하기엔 너무 오랜 세월 나의 마음을 캄캄하게 만들었던……. 내 소녀 시절을 온통 그늘지게 했던 그 일을 이야기하지 않고선 이 책을 쓸 수가 없다. 그러나 나는 내 삶에서 일어났던 여느 심상한 일들과 마찬가지로, 공평하게 다루기로 마음먹었다.

아홉 살 때였다. 봄이었는지, 가을이었는지 모르겠다. 아마도 초가을쯤이었을 것이다. 반팔을 입고 있었고, 해 질 녘에는 선선한 바람이 불어왔다. 하교 후 우리 집 앞 골목에서 친구들과 고무줄놀이를 하고 있었다. 오랜만에 친구들이 놀러와서 기분이 좋았던 것 같다. 놀이에 열중하고 있는데, 모르는 아저씨가 다가와 말을 걸었다. 착하지? 길 좀 가르쳐줄래? 인상이 좋은 아저씨였다. 말이 아저씨지, 한 서른이나 됐을까.

착한 어린이가 되어야 한다는 페르소나가 나를 움직였다. 그래, 난 착하니까. 이 동네를 잘 모르는 아저씨에게 길 안내를 해줘야 해. 그런데 이상했다. 길을 알려줘야 하는 건 난데, 아저씨가 앞장서고 있었다. 잠깐만 이쪽으로 와볼래? 저기까지만 아저씨랑 같이 가자. 윗동네는 나도 잘 모르는데, 조금 무서운 마음이 들었지만 그래도 나는 착하니까. 그 길은 집에서 멀진 않았지만 평소에는 잘 다니지 않던 곳이었다. 그날따라 왜 그 길엔 아무도 없었을까. 작은 창고가 있었다. 아저씨가 잠깐만 들어와보라고 했다. 그 이후부터는 정신을 차릴 수 없었다. 문은 닫혔고, 어둠이 내려앉았다. 날카로운 칼끝이 내 목에 닿아 있었다. 아저씨는 또 말했다. 착하지?

난 착하니까. 시키는 대로 하는 것 외에는 어떤 선택지도 떠오르지 않았다. 고개를 끄덕였고, 그는 바지 벗어, 라고 말했다. 그대로 했다. 누워, 라고 말했다. 그대로 했다. 칼을 접어 넣은 그는 나를 깔고 엎드렸다. 내 입을 억지로 벌리고 침을 넣기 시작했다. 이게 무슨 일인지 통 알 수가 없었다. 칼이 내 목을 겨눴을 땐 TV에서 본 인신매매 유괴 사건이 떠올랐다. 이제 꼭 죽겠구나 싶었다. 그런데 내 위에서 헉헉대며 침을 몰아넣는 그를 보니 어쩌면 그것보다 더 나쁜 일이 일어나 겠구나, 하는 생각이 들었다.

그 생각은 부분적으로 맞았다. 잠시 숨을 고르던 아저씨는 몸을 일으키더니 바지춤에서 성기를 꺼냈다. 맨날 보던 남동생의 고추와는 전혀 다른 생김새였다. 고무장갑처럼 빨갰다. 내 팬티를 내리더니 그 빨간 성기를 미친 듯이 비벼대기 시작했다. 헉헉대는 신음소리는 더욱 격렬해졌다. 나는 그의 침을 삼키지 않으려고 갖은 애를 썼다. 아무래도 나를 죽이려는 것 같은데, 내가 할 수 있는 일은 고작 그것뿐이었다. 계속 침을 뱉었다. 눈물과 침으로 얼굴과 몸 매무새는 금세 엉망이 되었다. 시간이 얼마나 흘렀는지도, 이 믿을 수 없는 시간이 얼마나 계속될지도 알 수 없었다. 그저 되뇌었다. 언젠가는 끝이 날 거야. 언젠가는 다 끝이 나서 원래대로 돌아갈 수 있을 거야.

바라던 대로 악몽 같은 시간은 끝이 났다. 그는 처음 봤던 그 온화한 아저씨로 돌아가 있었다. 내 바지춤을 올려주며 말했다. 착하네. 오늘 아저씨랑 있었던 일 아무한테도 말하면 안 돼.

자, 팩트만 정리하면 이렇다. 아홉 살이 감당하기엔 조금 심한 수위의 성추행이긴 했지만 말이다. 그냥 미친놈이 어린 애 상대로 키스하고 성기를 비벼대며 자위 비슷하게 풀었던 셈이다. 딱히 통증이나 육체적인 후유증이 없었던 것으로 보아 분명 삽입까지 시도하지는 않았던 것 같다.

그런데 진짜 악몽은 사건 이후에 시작됐다. 이 일의 의미를 이해하기 위하여 나는 십여 년의 시간을 허비해야 했다. 바로 '아무한테도 말해선 안 될' 어두운 비밀이 생겼다는 것만으로 말이다. 물론 그 아저씨가 그렇게 말했다고 해서 아무한테도 말하지 않은 건 아니었다.

나는 집까지 엉엉 울면서 터덜터덜 걸어갔다. 해는 져서 세상이 캄캄했다. 이미 아이들은 집으로 돌아갔는지 골목은 텅 비어 있었고, 끊어져버린 고무줄만 이리저리 나뒹굴고 있었다. 대문을 열고 집에 들어가자 할머니와 엄마가 왜 우느냐고 물어왔다. 사실대로 얘기했다. 빨리 나를 안아 달래주고 그 일이 무슨 의미인지 설명해줘야 마땅했다. 아주 나쁜 놈이라고, 얼마나 무서웠겠느냐고, 잡아서 경찰에 넘기든 뭐든 하겠노라고.

그런데 뭔가 반응이 이상했다. 그래, 그것은 당혹스러움에 더 가까웠다. 할머니는 서랍 깊숙이 아껴두었던 우황청심환을 꺼내 반으로 쪼개고, 또 반으로 쪼개어 내 입에 넣어주었다. 그리고 그 아저씨랑 똑같은 말을 했다. 오늘 있었던 일, 아무한테도 얘기하면 안 된다.

정말 이상한 일이었다. 아무 일도 일어나지 않은 것처럼 아무렇지 않은 내일이 시작되었다. 엄마도, 할머니도 아무 일 없었던 것처럼 말하고 행동했다. 나도 그래야 했다. 위로조차 받을 수 없는 더러운 일. 본능적으로 나는 입을 다물었다. 무슨 의미인지 통 알 수 없었으나 그래야 한다는 것만은 알았다. 내가 그 일에 대해 입을 열 수 있게 된 건 십 년도 더 지나서 성인이 된 이후였다.

"엄마, 그때 왜 그랬어요?"

스무 살이 된 나는—스스로 다 컸다고 생각하는—괜히 담담한 척하며 엄마한테 물었다. 정말 궁금했으니까. 지난 십 년 동안 그 기억은 내 안에서 부풀 대로 부풀어 올랐다가, 미친 듯이 난도질당했다가, 쭈그러들었다가, 작은 자극에 또 심한 고통을 주기도 하며 나름대로 소화한 뒤였다. 열두어 살쯤

되어서 그 행동의 의미를 깨달았을 때는 막 2차 성징이 시작된 몸의 변화가 혐오스러워 내 몸을 차마 쳐다보지도 못했고, 세상의 모든 남자가 무서워서 늘 고개를 숙이고 피해 다녔다. 성장기엔 크고 작은 성추행도 많이 당했다. 이 몸뚱이만 없으면 이런 일을 당하지 않아도 되었을 텐데. 봉곳하게 부풀어 오르는 유방은 차라리 저주였다. 유방암에 걸리면 가슴을 절제할 수 있다는 얘기를 듣고 의학서적을 찾아보기도 했다.

그 모든 일이 내 탓이 아님을 깨닫는 데 십 년이 걸렸다. 아무도 내 잘못이 아니라고 얘기해주지 않았다. 나는 수천 번 수만 번 자문해야 했다. 왜 나에게만 이런 일이? 내가 무슨 잘못을 했길래? 왜 하필 내가 이런 고통을? 누구에게나 일어날 수 있는 불행이라는 걸 혼자 깨닫기 위해서는 정말 많은 질문과 시간이 필요했다. 그렇게 나는 힘들게 어른이 되었다.

엄마의 대답은 날 허망하게 했다. 네가 그걸 아직까지 기억하고 있을 줄 몰랐다. 넌 너무 어렸으니까, 그냥 잊기를 바랐어. 그래서 말도 꺼내지 않았다.

엄마도 고작 삼십 대 초반이었다. 엄마도 수많은 질문을 던졌겠지. 왜 하필 내 딸에게 이런 일이? 무엇을 어떻게 해야 하지? 답을 찾을 수 없는 질문들. 세상에는 원인 없는 결과가 얼마나 많은지, 답이 없는 질문들은 또 얼마나.

누구 원망할 사람도, 탓할 사람도 없음을 깨달았을 때, 그 때부터 문제는 오롯이 나의 것으로 남는다. 그 사건을, 살면서 누구나 당할 수 있는 그런 수많은 불행 중 하나로 만들기 위해 나는 정말 많은 노력을 해야 했다.

그리고 지금은 어느 정도 극복을 했다고 생각한다. 그 첫 번째 증거는, 나 스스로 그 일을 인정하고 받아들일 수 있게 되었기 때문이다. 나는 아동성폭력 피해자다. 너무 어린 나이에 성추행을 당했고, 생명의 위협을 받았으며 그 일로 인해 성장기 대부분의 시간을 고통 속에 흘려보내야 했으니까. 그 사실을 부정하지 않는다. 두 번째 증거는, 이제 그 일은 더 이상 나에게 누구에게도 말하지 못할 그런 비밀이 아니다. 상대방이 마음만 열어줄 수 있다면, 그 누구에게든 나의 경험을 털어놓을 준비와 자세가 되어 있다. 세 번째 증거는, 그렇게 털어놓았을 때 상대방이 어떤 반응을 보이더라도 영향 받지 않는다. 처음엔 내가 이런 얘길 하면 상대방이 나를 어떻게 생각할까, 고민하고 후회하곤 했다. 그러나 이제는 안다. 세상의 모든 사람들은 각자 크든 작든 자신만의 상처를 지니고 있고 감당하며 살고 있다. 내 상처는 그런 수많은 상처 가운데 하나일 뿐이란 걸, 이제는 너무도 잘 안다.

자, 나의 사춘기 시절을 쥐락펴락했던 중요한 사건을 드디어 털어놓았다. 만신창이가 되어 두려움에 떨고 있는 아홉 살 아이를 꼭 안아주고 싶다. 수고했어. 잘했어. 그 일은 아무것도 아니야. 네 앞에는 정말 찬란한 시간들이 기다리고 있단다. 좋은 일이 많이 생길 거야. 그러니 너무 오래 슬퍼하지는 말렴. 넌 절대 더럽혀지지 않았어.

———
나　　의
소 녀 시 대

　　뽀얀 피부의 여린 몸매, 잎사귀만 떨어져도 까르르 웃음을 터뜨리는 예쁜 소녀들. 여자에 대한 대상화 가운데 가장 심각한 수준으로 왜곡되어 있는 것이 아마도 사춘기 소녀에 대한 대상화가 아닐까. 당신들이 알고 있는 모든 아줌마와 할머니들도 한때는 소녀였다는 점을 상기해보라. 실상은 아름답고 순수하기는커녕 혼란스럽고 어둡고 막막하기만 하다.

　　열둘, 열세 살 즈음부터 시작된 나의 사춘기는 그야말로 카오스 상태와 다름없었다. 감정 기복도 심했고, 스스로 감당이 안 될 정도의 상상과 망상 속에 빠져 살았다. 겉으로만 보면 숫기 없고 조용한 여자애 그 이상도 이하도 아니었지만,

어마어마한 속도로 몸과 마음이 폭풍 성장하는 일이 고요할 리가 없다. 그러니까 사춘기란 아이에서 성인으로, 일종의 변태가 일어나는 시기다. 새가 알을 깨고 나오기 위한 고통과 한계에 부딪혀야 하는 시기. 그 고통과 불편함의 근원을 그때의 내가 어찌 알 수 있었겠나.

그때까지도 나는 동요만 들었다. 〈뾰로롱 꼬마마녀〉, 〈어른들은 몰라요〉, 〈독도는 우리 땅〉, 〈한국을 빛낸 100명의 위인들〉, 〈아빠의 말씀〉……. 뭐 이런 창작동요가 가득 들어 있는 테이프를 주야장천 돌려가며 들었다. 1990년대는 가요 전성시대였다. 서태지를 비롯해 공일오비며, 김민우 등 '오빠'를 좋아하는 여자애들이 꽤 많았다. 그런 분위기 속에서 나는 꿋꿋이 동요를 들었다. 사랑 어쩌고 하는 노래는 왠지 듣기에 거북했다. 맑고 아름다운 세상을 노래하고, 꿈과 환상의 나라를 그리는 음악을 듣고 있으면 그나마 아직 내가 애인 것 같았다. 그러니까 난 어른이 되고 싶지 않았던 것 같다. 가능하면 어른이 되는 걸 미룰 수 있을 때까지 미루고 싶었다. 몰라도 되는 건 끝까지 모르고 싶었다.

그러나 미루고 싶다고 언제까지나 미룰 수 있는 건 아니었다. 아무리 고개를 돌리고 귀를 틀어막아도 보이는 게 있고 들리는 게 있다. 도서관에 가는 길, 시멘트 벽면에는 어마어마한 크기로 'SEX'라는 낙서가 되어 있었고, 성에 눈뜬 남자 아이들은 키득거리며 저속한 농담을 주고받았다. 열 살 이전 만 해도 평균을 훨씬 밑도는 작은 체구였지만 열한 살 무렵부 터는 매년 키가 10센티미터 넘게 쑥쑥 자라 6학년 때는 뒤에 서 세는 게 빠를 정도로 친구들의 키를 다 따라잡았다. 팔다 리는 길어지고, 가슴은 봉곳해졌다. 마치 억지로 운명에 끌려 가듯이, 나는 아이의 껍질을 벗고 어른이 되어가고 있었던 것 이다.

동요 따위를 듣던 주제에 독서는 이미 어른의 범주에 들 어가 있었다. 집에 웬만한 동화책 전집, 위인전 전집은 기본 이고 반공소설과 추리소설 전집까지 책이란 책은 이미 다 읽어치운 뒤였다. 읽어치웠다는 표현을 쓸 수밖에 없음을 이해해주길. 꽤 탐욕스러운 독서의 시간들이었다. 배고픈 이 가 음식을 허겁지겁 손으로 게 눈 감추듯 먹어치우듯이 눈 에 보이는 책이란 책은 다 읽었다. 아이가 읽을 수 있는 책을 다 읽고 난 이후에는 어른들이 읽던 책에 몰래 손댈 수밖에 없었다. 뭐든 읽지 않으면 견디기가 힘들었다. 그 심리는 무 엇이었을까. 진한 사랑 이야기가 나오는 삼류소설은 기본이 고, 당시 문제작이었던 마광수의 《즐거운 사라》도 나는 이미 초등학교 때 다 읽었다. 조영래 변호사가 쓴《전태일 평전》도 그 시기에 읽었다. 집에 읽을 책이 없으면 삼십 분 거리에 있는 부평도서관에도 부지런히 다녔다. 마치 홀린 듯한 기분으로 서가 사이를 헤집으며 책에 탐닉했던 시간들. 아마 그 시기의 어마어마한 독서량이 현재의 나를 채운 팔 할이라 해도 과언이 아닐 것이다.

그렇게 책이 나를 세상으로 이끌어줬다. 책을 통해 세상을 읽었다. 사랑에 대해 배웠고, 섹스에 대해 알았다. 어렴풋이 어른으로 사는 것이 어떤 일인가 짐작할 수 있었다. 감당이 안 되는 속도로 빠르게 자랐다. 키도, 마음도. 책이 있었기에 어느 정도 갈급함이 채워질 수 있었던 것이다. 다른 소년, 소녀들은 그 갈급함을 대체 어떻게 채웠을까. 음악으로 채울 수도 있고, 좋아하는 연예인을 향한 망상으로도, 이성교제나 담배 등으로도 채울 수 있었을 것이다. 내겐 그 수단이 책이었을 뿐. 고상한 척하려는 게 아니다. 다시 이야기하지만 당시의 내 독서는 탐욕, 그 자체였으니.

현실은 늘 그랬듯 시궁창이었다. 내가 처한 세상은 좁고 비루했다. 그보다 더 나은 삶을 본 적도 없으면서 왜 그렇게 생각했는지 모르겠다. 재래식 화장실이나 겨울이면 얼음을 깨서 세수해야 하는 마당의 수돗가는 문제가 아니었다. 아버지는 더 이상 가부장적일 수 없을 정도로 가부장적이었고, 아이들의 코앞에서 뻑뻑 담배를 피워댔다. 뭐든 본인 위주로 돌아가야 했다. 당시에는 '내 아이를 위해 뭔가를 한다'는 개념 자체가 없었던 것 같다. 반찬이나 메뉴도 항상 아버지 중심으로 된장찌개나 칼국수 정도였는데, 한번은 엄마가 마음먹고 우리를 위해 카레를 해준 적이 있다. 막 숟가락을 들어 한입 먹으려고 할 때 때마침 일찍 퇴근한 아버지가 들어왔다. 우린 겁먹은 표정으로 눈치를 봤다. 불안한 짐작은 틀린 적이 없지. 아버지 표정에 이내 진한 짜증이 배어나오더니 냄새 나니까 당장 꺼지라고 했다. 우리는 성질부리는 아버지를 피해 훌쩍거리며 밥상을 들고 부엌 부뚜막에 쪼그려 앉아 먹어야 했다. "에이, 아빠, 유난은~ 우리도 밥 좀 먹읍시다"라고 눙칠 수 있는 환경이었다면 좀 나았을까. 모르긴 몰라도 당장 밥상을 뒤집어엎었겠지.

키가 할머니를 넘어서면서 시장 심부름, 청소, 걸레질, 설거지, 손님 오면 커피 내오기, 동생 밥 차려주기 같은 자질구레한 일은 내 몫이 되었는데, 권리는 없고 의무만 존재하는 환경이란 정말이지 악몽 같았다.

내가 가장 듣기 싫었던 말은 내 이름이었다. 이름이 불릴 때마다 뒷골이 쭈뼛 서는 것 같았다. 그 뒤에 좋은 말이 따라 붙는 일은 거의 없었으니까. 또 뭘 시키려고 저러나. 왜 저렇게 나만 못 잡아먹어 안달인가. 틈만 나면 내 방에 들어가서 문을 걸어 잠갔다. 발길질 한 방이면 우지끈 부서질 얇은 나무로 만든 미닫이문이 나를 이 험한 세계로부터 보호해줄 연약한 결계 같았다.

최악은 나와 같은 방을 쓰며 마치 자매처럼 지냈던 작은 고모가 결혼하는 과정이었다. 아버지의 무한 권력과 할머니의 히스테리 가운데서 그나마 완충 역할을 해주던 막내 고모가 시집가는 과정은 정말이지 다사다난했다. 당시 아버지의 가부장 게이지가 최고점을 찍을 때여서 그랬는지 몰라도 상견례 가서 자기 무시한다고 뒤집어엎고, 난데없는 결혼 반대에 고모는 가출하고, 돌아와서 머리채 잡히고, 갑자기 칼하고 도마를 갖고 와서 자기 손가락을 자르겠다고 협박하고, 울고 불고 때리고 맞고. 저런 게 결혼이라면 안 하는 게 낫겠다, 라고 생각했다(아이러니한 건 동생의 결혼에는 그렇게 엄격했던 아빠가 딸의 결혼에는 엄청 관대했다는 점이다).

어쨌든 내게 주어진 삶이었다. 나를 탄생시킨 가족이었다. 난 어렸고, 이런 가족이라도 없으면 살 수 없는 무력한 존재였으므로 꾸역꾸역 살았다. 하루도 빠지지 않고 학교를 다녔고, 눈앞에 닥친 난관을 그때그때 모면하는 데 익숙해졌다. 아버지의 담배 연기가 싫었지만 싫은 내색 한 번 하지 않고 한 공간 안에서 숨을 쉬었다. 할머니의 잔소리가 진절머리 났지만 입을 다물고 묵묵히 들었다. 너무 싫고 힘든 것이 있어도 참고 견디는 법을 나는 일찌감치 터득했다. 현실로부터 도피하고 싶은 마음에 책만 붙들고 살았다. 그나마 학교에 가면 친구가 있었고, 그즈음 학교 생활은 그럭저럭 할 만했다. 세상에는 생각보다 좋은 것이 더 많을지도 모르겠다는 희망이 처음으로 싹트던 시기였으니까. 학급 대표로 이런저런 대외 활동도 시작했고, 사물놀이패에 들어가 학교 수업이 끝나면 신나게 꽹과리를 두들겼다. 그렇게 하루하루를 살아내다 보면 어느새 조금 나은 삶을 살고 있을지도 모른다는 희망. 그 희망이 나를 성장하게 했다.

10월 10일. 왜 그 날짜를 기억하고 있는 것일까. 일 년 동안 열심히 연습한 사물놀이 공연을 사람들 앞에 선보이는 운동회 날. 나는 상쇠였고, 연주의 시작과 끝을 장식했다. 우레와 같은 박수가 쏟아졌다. 공연이 끝난 후 발갛게 달아오른 얼굴을 한 채 공연복장을 갈아입기 위해 화장실로 가려는데 누군가 내 이름을 불렀다.

"홍아미."

우리 반 남자 부반장이었다.

"너, 오늘 예쁘다?"

시크하게 한마디 던지고 가는 녀석. 아마 그 순간 내 얼굴은 당시 별명처럼 홍당무가 되었을 터다. 두근거리는 심장을 안고 화장실로 뛰어갔다. 뭔가 이상했다. 마음이, 그리고 몸이. 달라진 건 하나도 없었으나 모든 것이 달라진 것 같은 생경함. 거기서 내가 확인한 것. 속옷에 묻은 선연한 핏빛. 초경이 시작되었다. 그건 지난했던 내 어린 시절의 종료를 알리는 지표와도 같은 것이었다.

얌전한 딸내미의
반   전

"책 읽어보니까 너 아주 대담하고 겁이 없더라. 엄마는 몰랐어. 집에 있을 땐 얌전하고 말없는 애인 줄만 알았는데……."

얼마 전 두 번째 책을 출간했다. 스무 살 이후 내가 다녀온 모든 여행지에 대한 경험과 감상을 에세이로 묶은 것이었다. 아버지의 반대를 무릅쓰고 인도로 날아가고, 혼자서 꽃동네에 봉사활동을 다니고, 허니문을 하드코어 배낭여행으로 대체하고. 요약하면, 보통 사람이 보기에는 조금은 유난스럽게 여행 중독에 빠져든 이야기라고 할까. 엄마는 본인이 낳고 기른 딸이 조금 낯설게 느껴진 모양이었다.

"얌전한 척한 거예요, 그거. 그 집에서 여자애가 멋대로 굴었어 봐. 어휴, 상상도 하기 싫다."

농담처럼 말하고 크게 웃었는데, 엄마가 말없이 고개를 끄덕이고 마는 바람에 조금 머쓱해졌다. 문득 어렸을 때를 떠올렸다. 솔직히 말해 얌전한 척했다기보다는 그렇게 길러진 게 맞는 얘기일 거다. 소극적이고, 소심하고, 둔하고. "쟤는 샘이 없어~" "애 같으면 열이라도 키우겠다" 육아를 도맡아 했던 할머니가 사고뭉치인 남동생과 비교해서 늘 하던 말씀이었다.

남동생과 나는 모든 면에서 반대여서, 그 아이가 우월한 만큼 나는 열등해졌다(고 느꼈다). 1981년 하지, 그러니까 해가 가장 긴 날에 내가 태어났고 1983년 동지, 그러니까 해가 가장 짧은 날에 동생이 태어났다. 나는 까맣고 잘 울었지만, 동생은 하얗고 잘 웃었다. 나는 창밖으로 스쳐 지나가는 세계를 바라보며 공상하기를 즐겼고, 동생은 아버지 옆자리에 앉아 차체의 구조와 자동차의 원리에 대해 분석하기를 즐겼다. 그러나 무엇보다 가장 큰 차이는 이거였다. 나는 딸이었고, 동생은 아들이라는 것.

우리 집은 매우 보편적인 유교 집안이었다. 당연하게도 남존여비 사상은 기본이었다. 동생은 태어나자마자 우리 집안의 대를 이을 장손으로 격상되었고, '귀한 아들'로 자리매김했다. 게다가 두뇌마저도 우수해 모든 면에서 나의 자질을 능가했다. 호기심이 많고, 똑똑했으며, 사랑받는 법을 알았다. 내가 한글을 배우려고 폼을 잡을 때 그 녀석은 내 어깨너머로 먼저 원리를 깨쳤다. 남자인 데다 똑똑하기까지 한 그 녀석과 함께 자라는 환경에서 내가 할 수 있는 일은 딱 하나밖에 없었다. 닥치고 가만있는 것.

그러니까 어린 시절의 나는 어쩌면 내 기억보다 더 영리했는지 모른다. 자신이 태어난 집의 분위기를 파악하고, 운신의 폭을 스스로 설정하고, 그에 맞게 행동 범위를 잡아나간 셈이니. 그렇게 일찍 체념한 덕분에 나는 똑똑하고 밝은 이미지 대신 '동생에게 져주는', '절대 샘을 내지 않는', '순하고 착한' 이미지를 얻게 됐다. 그 가면은 이 집에 있는 동안 꽤 유용하게 쓰였고, 나중에는 나를 옭아매는 올가미가 되기도 했다.

왜냐하면 나는 전혀 행복하지 않았기 때문이다. 내 가족을 진심으로 사랑함에도 불구하고, 내 부모의 자식으로서, 내 동생의 누나로서 사는 일이 전혀 행복하지 않았다. 태어났으니 감당해야 할 버거운 짐같이 느껴졌다. 얼른 돈을 벌어서 탈출하고 싶었다. 그래야 비로소 내가 나답게 살 수 있을 것 같아서.

물론 이런 생각을 단 한 번도 겉으로 내비친 적은 없다. 그리고 이것이 나만의 생각이 아니란 것도 안다. 아버지는 아버지의 짐을, 어머니는 어머니의 짐을 지고 있을 테고, 그것은 내가 감당하는 무게와 비교도 되지 않을 것이었다. 각자의 짐을 나눠서 져야 가정은 유지되는 것이고, 우리 모두 생존할 수 있다는 것을 어린 시절의 나도 충분히 잘 알고 있었으니까. 기꺼운 마음으로 '착하고 샘 없는 맏딸'이라는 역할을 수행해낸 것이다.

내 동생은 그중에서도 최고였다. '집안의 기대를 한 몸에 받는 장남'이라는 역할을 기대 이상으로 잘 수행해냈다. 내가 욕망을 누르고 이십여 년을 수그리고 산 보람이 충분히 있을 정도로 말이다. 그중 하나가 성적이었는데, 중학교 때 반에서 1, 2등 하던 성적은 고등학교 가서 전교 1, 2등으로 뛰어올랐고, 우리나라 최고 대학이라는 서울대에 그것도 의대에 입학했다. 대학교에 가서는 더더욱 승승장구했다. 전국의 수많은 영재들이 모인 의대에서 수석으로 졸업하는 기염을 토했다. 그쯤 되자 나나 가족들이나 신기하고 불가사의할 정도였다(실제로 고등학교 때 엄마가 한 말이 내겐 큰 위로가 됐다. "너는 그냥 잘한 거고, 네 동생은 너무 심하게 잘하는 거야. 어떻게 저렇게까지 잘할 수가 있니?").

지기 싫어하고, 욕심도 많은 만큼 총명하고, 눈치도 빨랐다. 성격도 좋아서 늘 주변에는 친구들이 따랐다. 그래, 솔직히 인정한다. 꽤 오랫동안, 그러니까 아마도 사춘기가 지날 무렵까지 나는 동생을 질투하고 미워했다. 그 당시에는 왜 그토록 싫은가에 대해 진지하게 생각해본 적이 없었다. 아니, 이유야 많았다. 심한 말을 하고, 괴롭히고, 뭐든 하는 일에 훼방을 놓고, 잘난 척을 하니까. 그러나 지금 생각해보면 나는 항상 동생을 동경했다. 타고난 밝음을, 명석한 머리를, 남자라는 성별까지도…….

문득 이런 상상을 해본다. 만약 내가 남자로 태어나고, 욕심 많고 영특한 동생이 여자로 태어났으면 어땠을까. 별로 똑똑하지도 않은 오빠는 툭하면 힘으로 이겨먹으려 들고, 엄마는 오빠 밥상도 안 챙기고 계집애가 뭐하냐며 구박 세례, 아버지는 "여자가 이과 가서 뭐해! 아빠 공장에 와서 경리나 해!", 공부 좀 할라 하면 여기저기서 불러대며 커피 타 와라, 설거지해라, 과일 깎아 와라(이 모든 상황은 본인이 직접 겪은 사례임을 밝혀둔다). 만약 동생이 이런 환경에서 자랐다면, 과연 지금처럼 활달하고 밝은 성격과 건강한 승부욕을 갖게 될 수 있었을까? 자신이 똑똑하다는 것을 너무나도 잘 아는데, 그게 별

가치가 없다고 온 세상이 속닥거린단 말이다. 집에서 밥이나 하라고, 손님이 오면 싹싹하게 웃으라고. 네가 할 일은 공부가 아니라 그런 거라고. 비뚤어지지나 않으면 다행이다.

그래, 이치대로 된 것이다. 동생은 이후에도 한 번도 엇나가지 않고 착실히 공부하여 멋진 의사가 되었다. 또 훌륭한 배필을 만나 가정을 이루고 아들, 딸 낳고 잘 살고 있다. 그리고 나는 현재…….

"너는 남편을 참 잘 만났어. 네가 하고 싶다는 대로 다 하게 해주잖니. 엄마는 네가 이렇게 자유롭게 사는 거 보는 게 참 좋아. 다 최 서방 덕이다."

나는 픽 웃었다.

"엄마, 그런 남자 아니면 애초에 선택하지도 않았어. 내가 잘 사는 건 다 내 덕이야."

뭐, 이렇게 살고 있다.

내 아버지의 모든 것

EP1. 아버지도, 공장도 최악이야

"너 여름방학 때는 아빠 공장에서 일해."

대학생이 되어 맞는 첫 방학을 앞두고 불호령처럼 떨어진 아버지의 결정은 나를 단숨에 지옥으로 몰아넣었다. 그러니까 그때 나는 스무 살이었단 말이다. 어설픈 연애를 시작한 신입생이었고 자유의 단맛을 알아버린 대학생이었다. 첫 방학 때는 무얼 할까. 아르바이트로 돈을 많이 벌어서 여행이나 갈까. 친구들과 열 가지도 넘는 계획을 세웠다. 그러던 중 잊고 있던 게 있었다. 나는 무한한 가능성을 지닌 스무 살이기 이전에 아직 엄마가 해주는 밥을 먹고 아버지가 벌어다 주는 돈으로 등록금을 내는 '고작 애'일 뿐이라는 것.

아버지가 명령을 내릴 땐, 아주 오랜 시간 고심한 끝에 나름 합당하다 생각되어 결정한 것으로 번복할 수 없는 경우가 많았다. 물론 그 의사결정의 과정에 대해 자상하게 알려주거나 사전에 논의하는 일 따위는 없었고, 통보 이후 경우의 수에 대해서도 이미 아버지의 머릿속에 다 들어 있었다. 그러므로 철없는 딸내미의 같잖은 반발로 아버지의 결정이 뒤바뀌는 건 있을 수 없는 일이었다. "네가 누구 덕에 대학을 다니고 있는데? 뭐 알바? 동아리 활동? 웃기고 있네. 아빠 공장 망하면 그게 다 가능한 얘기 같아?"

그렇게 나는 매일 아침 일곱 시 반, 아버지와 함께 남동공단에 있는 PCB 제조공장에 출근하게 되었다. 다른 말로 표현하면, 매일 아침 도살장에 끌려가는 소가 된 기분으로 한 달을 지냈다. 백번 양보해서 마침 일손이 부족했고, 딸한테 도움을 청할 수 있다고 생각할 수도 있는 일이지만 당시 나의 심정은 그야말로 '참담함'에 가까웠다. 어른이 되어도 아버지가 시키면 무조건 복종해야 하는 내 처지가 무력하고, 비겁하고, 보잘것없이 느껴졌다. 나의 생사여탈권을 쥐고 흔드는 아버지의 권위 앞에서 내가 의지할 수 있는 사람은 세상 어디에도 없었다. 엄마도, 할머니도 "아빠 말씀 들어라"라고 할 뿐이어서 분노는 갈 곳을 모르고 온 데를 헤맸다.

공장 일은 상상한 것만큼 최악이었다. 내가 단순노동을 얼마나 싫어하는지 절절히 깨달을 수 있었다. 하던 업무는 PCB 기판에 구멍을 뚫는 단순 반복 작업이었는데 일 자체는 쉬웠으나 한여름에 여덟 시간을 한자리에 앉아 팔만 움직이고 있노라니 정말 미쳐버릴 것 같았다. 기계 돌아가는 소리, 화학 염료가 내는 불쾌한 공장 냄새, 나이 많은 아저씨들끼리 주고받는 농담. 어쩌면 모든 것이 다 싫은 것투성인지! 거기에 최악은 아버지와 하루 종일 같이 있어야 한다는 거였다.

인상을 잔뜩 찌푸린 채 시키는 일을 하고, 잔업이 있을 때는 밤 열 시까지도 일을 하고, 아버지와 함께 퇴근해 집에 돌아왔다. 난 울면서 남자친구에게 하소연했다. 만약 이런 일을 평생 해야 한다고 하면 차라리 죽어버리는 게 낫겠어.

사실 대학생이 되고 나서 가족들은 내 관심사에서 멀어진지 오래였다. 가족은 내가 선택할 수 있는 것이 아니었다. 가부장적인 아버지와 남존여비 사상에 철저하게 세뇌된 할머니와 엄마는 늘 내 숨통을 조여왔다. 잘난 남동생과도 서서히 멀어져서 거의 대화하는 일이 없어졌다. 집 안에서는 말수가 절로 줄어들었고, 희한하게 식욕도 줄어들었다. 매일 아침 아버지가 정해놓은 식사 시간이 되면 젓가락으로 밥알을 세다 아버지가 식사를 마치는 대로 그대로 밥통에 도로 부어버렸다. 통금 시간은 열 시. 아무리 늦어도 열한 시까지는 돌아와야 했다. 나는 나에게 주어진 자유 시간을 최대치로 즐기기 위해 늘 아슬아슬하게 통금 시간을 지켰다. 주말에는 늘 약속이 가득했으니 집은 거의 하숙집처럼 잠만 자는 곳이 되었다.

어른이 되어, 비로소 자유를 얻었다 생각한 나의 절망감은 이루 말할 수가 없었다. 친구들과 함께 하기로 한 아르바이트, 여행, 공부, 남자친구와의 이런저런 계획들이 몽땅 수포로 돌아갔다. 아침 일곱 시에 일어나 여덟 시까지 출근, 하루 종일 냄새 나는 공장에서 땀에 전 채로 단순 반복 노동을 하면서 아버지가 의도한 대로 주제를 깨달아갔다. 나는 젊고 싱싱한 대학생인데, 무엇이든 못할 게 없을 것 같았는데. 그건 모두 허상이었어. 내 현실은 결국 이런 공장 바닥이구나.

아버지는 그 시간을 통해 무엇을 가르쳐주고 싶었던 걸까. 너희들을 벌어 먹이기 위해 아빠가 이렇게 고생한다는 것? 더 크기 전에 아빠와 좀 더 시간을 보내야 한다는 것? 미래를 향해 훨훨 날아가려는 딸의 발목을 낚아채는 데는 성공했지만 문제는 아버지는 날 너무 몰랐다.

난 가출 계획을 세우기 시작했다.

EP2. 가출 대신 봉사활동

아버지는 나더러 방학 때마다 공장에서 일해 학비에 보태라고 했다. 차라리 학원 강사 알바를 해서 번 돈을 드리겠다고 했으나 씨알도 먹히지 않았다. 나는 두 번 다시 지난 여름방학과 같은 경험을 하고 싶지 않았다. 공장을 피할 수만 있다면 무슨 짓이라도 할 수 있을 것 같았다. 방학 기간 몇 달만이라도 머물 수 있는 거처를 찾아야 했다. 숙식이 되는 주유소나 지방의 식당 같은 취직자리를 알아보았지만 여의치가 않았다. 그러다가 큰 복지시설에 가면 장기 봉사자들을 위한 숙소와 식사를 제공한다는 걸 알게 되었다.

겨울방학이 오기 전, 나는 가평 꽃동네에 미리 문의해 봉사활동에 대한 확답을 다 받아놓았다. 방학 기간은 봉사 점수를 따기 위해 학생들이 많이 몰리는 기간이지만 나처럼 한 달씩이나 장기봉사를 하겠다는 경우는 드물어서인지 대환영을 받았다. 아버지가 공장 출근을 명하는 순간, 나는 보란 듯이 쪽지만 남겨두고 짐을 싸서 나가리라. 두근두근, 때만 기다리고 있는데 이상하게도 아버지는 아무 말이 없었다.

"저…… 이제 방학인데……."

"뭐."

"아빠 공장에서 일 안 해요?"

"필요 없어."

그게 다였다. 이렇게 허무할 데가. 지금 돌이켜보면 나나 아버지나 성격이 똑같다. 저 짧은 대화 속에 얼마나 길고 복잡한 과정이 숨어 있는지는 당사자만 알고 있을 뿐이다.

꽃동네 봉사활동 외엔 방학 때 뭘 해야 할지 아무 계획도 없었던 나는 그냥 예정대로 다녀오기로 했다. 모르는 사람들은 엄청난 희생정신이라며 엄지를 세워 올렸지만 그 내막은 철없는 딸내미의 비겁한 가출 시도였던 셈이다. 그런 셈치고는 꽃동네에서 느꼈던 감동과 소중한 경험은 예상 밖이어서 누구에게인지 모를 감사함과 미안함으로 나의 스무 살은 눈물범벅이 되었다.

EP3. 세상에서 가장 어색한 데이트

나중에 아버지가 "자식새끼들은 크면 다 소용없어. 나보고 무섭다고 하지? 내 맘대로 한 게 뭐 하나 있었는 줄 알아?" 하면서 한탄을 하는 걸 들었다. 아버지가 날 강제로 공장에서 일하게 한 것은 그렇게 멀어지는 딸을 붙잡으려는 안간힘이었을지도 모르겠다. 혹은 은혜도 모르고 나대는 아랫것에 대한 괘씸함이었을지도. 지금 생각해보면 그게 아버지가 딸과 함께 시간을 보낼 수 있는 거의 유일한 방법이긴 했으니까. 어떤 의도였던 간에 어린 딸을 전혀 납득시키지 못했고, 사이가 가까워지기는커녕 더 멀어지기만 한 건 사실이다. 그 이후로 나는 아버지와 인사 외에는 어떤 대화도 나누지 않았다. 일부러 그랬다기보다는 딱히 할 말이 없기도 했다. 언젠가 세상에 하나뿐인 부녀 사이가 이렇게 멀어지는 게 너무 슬퍼서 용기 내어 아버지에게 데이트 신청을 해본 적이 있었다.

"아빠, 밖에서 딱 세 번만 만나서 저랑 얘기해요."

나는 아버지와 사람 대 사람으로서 진솔한 대화를 나누고 싶었고, 그럴 수 있으리라 생각했다. 난 이제 어른이니까. 다만 집 안만큼은 벗어나야 한다고 판단했다. 집 안은 아버지의 영역이므로, 절대적으로 불공평한 조건이다. 나는 인천 변화가의 예쁜 카페를 골랐고, 시간 약속까지 정해서 아버지에게 통보했다. 태어나서 처음으로 딸이 먼저 건넨 제안에 아버지는 투덜거리면서 나와주긴 했으나, 세 번은 안 되고 딱 한 번만이라고 못 박았다. 나도 동의한 것은 아버지와의 데이트가 말도 못하게 어색했기 때문이었다.

아버지가 모르는 내 얘기를 들려주고 싶었다. 왜냐하면 나는 아버지한테 제대로 말을 해본 기억이 단 한 번도 없었다. 내가 기억하는 어린 시절은 어땠는지, 그 달동네에서 당한 성추행으로 어떤 사춘기를 보냈는지, 수많은 여행이 나에게 어떤 영향을 미쳤는지. 어색해 죽을 것 같았지만 다시 오지 않을 기회라 생각하고 꾸역꾸역 말했다. 정말 힘들었다. 그렇게 말하고 나자 돌아오는 것은 역시나 훈계와 꾸중이었다. 너는 이러저러해서 안 돼. 가족이 원래 이런 거지, 되도 않은 오버를 하고 난리냐. 어쩌고저쩌고.

난 다시 입을 닫았다. 그러나 마음은 편해졌다. 그래, 난 할 만큼 했어.

EP4. 처음, 아버지가 날 사랑하나? 느낀 순간

아주 오랫동안 나에게 있어 세상에서 가장 싫은 사람이 아버지였다. 같은 공간에 있기만 해도 심장이 오그라드는 것 같았고, 언성을 높일 때마다 살기가 싫어졌다. 그랬던 감정도, 결혼을 하고 거리를 두고 지내니 점점 정리가 되기 시작했다. 가족을 부양하기 위해 아버지가 감당해야 했던 짐의 무게를 알게 됐고, 얼마나 많은 부분을 희생하고 참아왔는지도 눈에 보였다.

생애 딱 한 번, 아버지가 영화를 보러 가자고 한 적이 있다. 김정현의 베스트셀러 《아버지》를 영화화한 작품이었다.

내 기억에 엄마와 나, 남동생 이렇게 넷이 함께 영화를 본 건 그때가 처음이자 마지막이었을 것이다. 아버지는 그 소설이 그렇게 좋았는지 집에 사두고 온 가족이 돌려보게 했다. 아마도 자신과 주인공을 동일시했을 테고, 그런 자신을 가족들이 이해해주길 바랐겠으나 하필 그때 나는 반항심이 극에 달한 고등학생이었고, 무섭기만 한 아버지와 소설 속의 불쌍한 아버지는 전혀 동일시되지 않았다.

지금 생각하면, 딱 그만큼이 아버지가 자신의 마음과 감정을 가족들에게 표현할 수 있는 최선이었던 셈이다. 나도 힘들어. 강해 보이지만 사실은 이렇게 약해. 강한 척하고 있는 거야. 너희들, 우리 가족을 지켜야 하니까. 그런 나를 좀 봐줘.

결혼하기 전이나 후나 아버지와 나와의 사이는 여전히 데면데면하다. 오히려 가끔 보니 반갑기까지 하다. 결혼 후 이년마다 이사를 다니다 지쳐 대출을 받아 집을 사려고 할 때 아버지는 대뜸 모자란 9천만 원을 입금해줬다. 왜인지 이유도 없고, 생색도 없었다. 그게 아버지 스타일의 애정표현이라는 걸 아니까, 그냥 고맙게 받았다.

아버지의 진짜 속마음이야 알 수는 없지만, 살가운 말을 할 수 없는 이유만큼은 누구보다 잘 이해하니까. "이제 이사 그만 다니고 편히 살아라" 이런 말로 통역이 된다. 가부장제

속 아버지는 여자들에게 가해자이면서 동시에 피해자이기도 했다. 가족을 부양해야 한다는 가부장의 책임감 때문에, 촘촘히 얽힌 사회와 구조 속에서 온전히 제 몫을 하며 꼿꼿이 선 채 버티는 데 인생을 통째로 바쳐야 했으니까. 글을 쓰고 싶었고, 동물과 자연을 사랑하며, 농사의 기쁨을 누릴 줄 알고, 그 누구보다 멋지게 살고 싶은 사람. 아버지는 그런 사람이었지만 가부장제는 여자뿐만 아니라 남자도 자기답게 살 수 없도록 만드는 시스템이다. 다행히 아버지는 일찍 은퇴하고 귀향해서 원하던 대로 농사를 짓고 산다. 당신이 좋아하는 일을 하는 모습은 보는 사람마저도 행복하게 만든다. 애초에 그렇게 살 수 있는 세상이었으면 좋았을걸. 그랬다면 우리 부녀의 관계도 조금은 나아졌을지도 모르는데.

지금까지 그랬던 것처럼 나는 앞으로도 아버지에게서 '고맙다', '우리 딸 장하다', '사랑한다'와 같은 말들은 절대 듣지 못할 것이다. 부모도 사람이라는 것을, 그래서 완벽할 수 없다는 것을 이제는 안다. 진짜로 하고 싶은 말이 무엇인지, 나에게 당신이 어떤 존재인지도 이제는 보인다. 사실, 아버지도 공장을 싫어했다. 그러나 가장은 그런 말을 할 수 없는 존재이므로 단 한 번도 투덜대지 않고, 하소연도 하지 않고 그냥 딸한테 보여줬다. 나 이렇게 힘들어. 아버지가 이런 데서 일해. 그게 어린 딸에게 보일 리가 없건만, 너무나도 서툴고 애처로운 우리 아버지만의 표현법.

그러나 이번 생에서는 글렀다. 여전히 가부장제의 수호신인 아버지와 대놓고 이런 책을 써서 가부장제에 맞서기로 결심한 나 같은 딸은 아마 말로 된, 대화다운 대화는 한마디도 나누지 못한 채 늙어갈 것이다.

이 글은 그저 먼 훗날, 이 거지같은 가부장제가 사라지는 어느 날. 세상의 어떤 아버지와 딸이라도 함께 웃으며 이야기할 수 있는 날이 오기를 꿈꾸며 던져보는 동전 한 닢 같은 거다.

엄 마 가
며 느 리 사 표 를
냈 으 면 좋 겠 다

나와 동생이 결혼해 각자의 가정을 꾸린 후, 아버지는 귀
향의 꿈을 본격적으로 이뤄가기 시작했다. 고향 제천에 멋들
어진 이층집을 짓고 귀농 생활을 시작한 것이다. 출장 뷔페를
불러다가 일가친척들, 동네 사람들을 다 초대해 잔치하던 날
은 금의환향이 따로 없었다. 커다란 새집에서 멋진 인테리어
를 고민하는 엄마의 모습도 그땐 참 좋아 보였다.

그러나 거기까지였다. 시골로 내려간 뒤 엄마는 한동안 갱
년기 우울증으로 힘들어 했다. 근처에 슈퍼 하나 없는 오지에
가까운 시골에서 엄마는 여전히 호랑이 같은 시어머니와 남
편을 모시고 살아야 하는 약자였으므로. 밥 하다 보면 하루가

다 갔고, 농사일은 끝이 없었다. 손님이 방문할 때마다 밥상을 차려내야 하는 것도 엄마 몫이었다. 살가운 적 없었던 아버지와의 사이 또한 급속도로 악화되어갔다.

"세끼 밥 차려대는 게 지긋지긋하다."

엄마는 한숨을 쉬며 이렇게 말했다. 아버지는 잔칫집이나 회식 자리에 다녀와서도 입에 맞는 음식이 없었다며 새로 상을 차려내라고 하는 사람이었다. 그러면서도 "난 딴 거 필요 없어. 된장찌개만 맛있게 끓여주면 되는데 얼마나 편해?" 하고 생색을 냈다. 물론 숟가락 하나 당신 손으로 챙기는 법도, 다 먹은 밥그릇을 싱크대에 갖다 놓는 법도 없었다.

엄마의 저 한 마디 말 속에 생의 환멸이 느껴졌다. 세끼 밥. 그 범상한 단어가 누군가에겐 형벌과도 같다는 걸 이해할 수 있는 사람이 얼마나 될까. 아침밥을 차릴 시간에 맞춰 하루를 시작해야 하고, 설거지하기가 무섭게 다음 끼니엔 또 뭘 먹나 고민해야 하고, 끼니때마다 가족들의 허기가 자신을 압박하는 느낌. 그게 매일, 하루에 세 번 반복되는 삶이란 어떤 걸까. 가족들의 끼니만 만들면 다가 아니었다. 때마다 남편의 조상들까지 챙겨야 한다. 자신의 핏줄도 아니고 나에게 이런 고통을 안겨준 남편의 조상들을 위해 매년 제사상을 정성들여 차린다. 물론 그 상을 차리고 치우고 뒷정리하는 과정에서 정작 직계후손인 남편은 손을 보태는 법이 없다.

나는 딸이니까, 엄마가 많은 말을 하지 않아도 그 고통이 오롯이 느껴져서 괴로웠다. 결혼이 도피처럼 여겨져서 죄책감까지 더해졌다. 엄마를 지옥 구덩이에 남겨두고 나는 혼자 남편과 평등한 결혼생활을 하겠다며 알량한 꿈이나 꾸고 있구나. 엄마는 하루하루 늙어가는데 노동의 강도는 더 세지고, 이건 뭐 천형이 아니고 무언가.

"엄마는 어떻게 살고 싶은데?"

나의 질문에 엄마는 잠시 멍해 보였다. 하루하루 괴로움을 견뎌내느라 자신이 원하는 삶에 대해서는 단 한 번도 생각해본 적 없었을 터였다.

"그냥, 작은 방 하나 구해서 혼자 살고 싶어. 내가 먹고 싶을 때 먹고, 자고 싶을 때 자고. 아무 눈치도 안 보고. 그렇게 한 번만 살아봤으면 좋겠네."

나는 울었다. 엄마가 큰 걸 바라는 것도 아니고, 고생고생하며 평생을 살아왔는데 왜 그 작은 보상 하나 받지를 못하나. 아버지의 허락 없이는 어디에도 갈 수 없고, 자고 싶을 때 잠을 잘 수도, 먹고 싶을 때 먹을 수도 없는 엄마는 대체 누구의 인생을 살고 있는 건가.

"엄마, 엄마가 어떤 결정을 하든 나는 엄마 편이에요. 우리 집에서 살든, 작은 전셋집이라도 마련하든 내가 할 수 있는 한 뭐든 도와줄게. 엄마 딸, 그 정도 능력은 된다니까!"

영주 작가의 《며느리 사표》를 읽고, 난 자꾸 엄마가 처음으로 "나 힘들다"라고 딸에게 직접 의사표현을 했던 그때가 떠올랐다. 《며느리 사표》는 말 그대로 이십삼 년간 대가족의 며느리로 살면서 새벽 다섯 시에 일어나 아침을 하고 명절을 챙겨야 했던 평범한 주부가 하루아침에 '며느리로서의 삶을 그만두고 나 자신으로 살겠다'고 선언한 이야기다. 작가는 남편의 부재 속에서 두 아이를 성인으로 키워냈지만, 그것 외에 자기 것은 아무것도 없는 오십 대 여성이다. 그런 그가 내민 사표에 시부모님은 "그동안 고생했다"며 의외로 담담하게 받아들였다고 한다. 오히려 친정에서 난리가 났다고. 남편에게는 이혼을 통보했고, 성인이 된 두 자녀는 각기 독립해 '일 인분의 삶'을 살도록 했다. 가족들을 그렇게 독립시킨 후에야 작가도 비로소 진정한 일 인분의 삶을 누릴 수 있게 되었다.

그게 얼마나 어려운 일인지 잘 알기에 책을 읽는 내내, 마치 판타지를 접하는 느낌이었다. 그것은 작은 혁명이었다. 그러나 현실에 분명 존재하는 일이었다. 부럽고, 경이로웠다.

만약 엄마가 그때 며느리 사표를 냈다면 어땠을까. 맏며느리로서의 모든 역할과 의무를 내려놓겠다 선언하고 가출을 감행했다면. 엄마는 한 푼도 없으니까 나와 동생이 얼마라도 모아 집을 마련해줄 수는 있었을 것이다. 영주 작가의 남편은 이혼을 거부하고 부부 상담을 포함해 아내가 제시한 모든 조건을 받아들였지만 아마 우리 아버지는 아닐 것이다. 이혼을 불사했겠지. 그럼 일 년에 일곱 번 있는 제사와 차례는? 할머니가 팔을 걷어붙였을 것이다. 아버지와 고모들도 손을 보탰을 것이고. 흠, 어찌 보면 그게 더 보기 좋긴 하다. 엄마 혼자 하는 것보다는 그래도 직계후손이 손수 차린 밥상을 조상님들도 더 좋아하지 않겠어? 둘째 며느리나 막내 며느리의 짐이 더 무거워졌을 수도 있겠다(맏며느리가 집을 나갔는데 그들이라고 곱게 책임을 받아들일 리는 없겠지만). 명절 때면 우리 집에 모든 가족들이 모여 웃고 떠들고 하는 모습도 자취를 감출 것이다. 왜냐고? 밥상 차릴 사람이 없으니까. 아마 고모네나 다른 며느리네를 전전하며 그 책임을 분담하지 않을까. 이 상상까지는 정말 하고 싶지 않은데…… 아버지는 이 모든 책임을 도맡아줄 여자를 찾아 재혼을 서두를지도 모르겠다(요즘 세상에 그게 맘대로 될 리는 없겠지만).

혼자 사는 엄마는 평생 자신이 해오던 제사 준비와 밥상

차리기에서 벗어나 조금은 허망하고 쓸쓸할 수 있겠다. 그래도, 지옥보다는 조금 외로운 편이 낫겠는데?

　다시 현실로 돌아오면, 이 일은 엄마의 작은 반항기로 조용히 마무리되었다. 결과적으로는 내가 엄마의 옆구리를 찔러 괜한 분란을 만든 셈이 되어버렸지만.

　"툭하면 아프다고 드러눕는데, 니 엄마가 힘들 일이 뭐가 있냐. 딸이 옆에서 뭐라고 쑤석거렸는지 우울증이니 뭐니 내 참. 자기가 우울할 일이 대체 뭐가 있냐고!"

　길길이 뛰는 아버지와 할머니한테 엄마 편이 되어 목소리를 높여보았지만, 애초에 이 집에서 내가 낼 수 있는 목소리는 모기 소리만도 못했다. 그게 정해진 볼륨이었달까. 그나마 장남으로서의 권위를 가지고 있는 남동생에게 SOS를 쳤지만, 돌아온 대답은 "나도 답답하다. 누나도 무조건 엄마 편만 들지 말고 좀 여우처럼 할머니, 아빠한테 잘 해봐"라는 어이없는 헛소리였다.

　엄마는 지금도 매일 세끼 밥을 짓고, 남의 조상 제사상을 차리며 일 년에 서너 번 수십 명의 손님맞이를 하는 며느리로서의 삶을 살고 있다. 거기에 농사일까지 더해져 아침에 눈뜬 순간부터 저녁 밥상을 물리고 뒷정리를 마친 시간까지 고된 육체노동에서 헤어나올 길이 없는 매일을 살고 있다. 일년에 단 하루도 온전히 쉬지 못한다.

딸과의 전화 통화에서 엄마는 긴말을 하지 않는다. "힘들어……." 그 한숨 섞인 한 마디뿐. 페미니스트를 꿈꾸는 딸은 심장에 커다란 돌이 박힌 듯 아무 말도, 아무것도 하지 못하고 그냥 그 자리에 있을 뿐이다.

—

첫 사 랑 에 게
쌍 년 으 로
기 억 되 는 이 유

영화 〈건축학개론〉에서 첫사랑 때문에 우는 남자 주인공에게 친구는 말한다. "쌍년이네." 애초에 사귀기는커녕 제대로 고백도 못하다가 다른 남자가 먼저 채어갔을지도 모른다는 상상의 나래를 펼치며 분노를 여자에게 쏟아내는 모습은 찌질해 보였지만 익숙하기까지 했다. 나도 그 소릴 들은 적이 있었기 때문에.

열일곱 살 때 S를 처음 만났다. 작은 눈에 짱구머리, 웃으면 삐죽한 덧니까지 해사해지곤 했던 순수한 열일곱 소년. 나를 얼마나 좋아하는지, 그 마음을 감출 요량도 없어 온 데 뚝

뚝 흘리고 다녔다. 늘 나를 바라보고, 바보같이 웃고, 어떻게든 내 옆에 있으려 하고, 삐삐 음성을 하루에 열 개씩 남겨놓고, 사람들 다 모인 데서 짝사랑을 고백하고, 편지를 다섯 장씩 쓰다 못해 아예 나에게 보내는 편지로 가득 찬 일기장을 통째로 보내오기도 했다.

처음에는 그 순박한 애정공세가 고맙기도 하고, 신기하기도 했으나 시간이 지나자 차츰 불편해지기 시작했다. 야간 자율학습이 끝나고 밀린 삐삐 음성을 들을 때 S가 남긴 메시지는 그냥 스킵하기도 했다. 편지에 대한 답장은 두 번에 한 번, 세 번에 한 번으로 점점 미뤄졌다. 가끔 데이트를 하기도 했지만 재미없고 불편하기만 했다. 잘 모르는 선배들이 나에게 찾아와 "야, S가 너 진짜 많이 좋아하더라. 좀 받아줘라" 하며 되지도 않는 충고까지 하게 되자 그쯤부터는 짜증이 치밀어 올랐다.

받아주긴 뭘 받아주란 말인가. S는 나에게 직접 고백을 한 적이 없었다. 나 없는 데서 다른 사람들에게 날 좋아한다고 고백한 적은 있다(다음 날 여러 루트로 내 귀에 들어왔고, 수줍음 많았던 난 여러 사람들의 입방아에 오른 게 창피하기만 했다). 물론 편지로는 '좋아한다, 네 이름만 하루 종일 쓰고 있다, 간밤에도 네 꿈을 꿨다' 등등 온갖 사랑의 세리모니를 가득 채워 보내왔지만 내가 뭘 어떻게 해줘야 할 의무가 있는 건 아니지 않은가. 내가 해줄 수 있는 건 그저 "고마워"라는 말 외엔 없었고, 어느새 그런 나는 야박한 새침데기가 되어가고 있었다.

나로서는 S가 좋지도 싫지도 않았다. 날 좋아해주니 고맙긴 했지만, 한편으로는 부담스러워 적당히 했으면 좋겠다고 생각했다. 당연히 사귀자고 고백해와도 사귈 마음은 제로에 가까웠지만 S는 고백도 하지 않은 채 혼자 상처받은 영혼이 되어가고 있었다. 술 먹고 삐삐 음성에 전람회 노래 〈취중진담〉을 녹음해놨을 때는 실소가 터져나왔다.

그렇게 어영부영 고등학교 생활이 끝나고 각기 다른 진로를 찾아 흩어지면서 S와의 관계도 자연스럽게 마무리되는가 싶었다. 나는 대학에 들어가자마자 본격적인 연애 활동을 시작했고, S는 고등학교 시절의 풋풋한 첫사랑 정도로 기억에 남으리라 생각했다(그렇게 되었다면 정말 좋았을 텐데!).

안타깝게도 S는 이후로도 오랫동안 나에게 질척거렸다. 그 아이는 첫사랑을 운명이라 생각했을지 모르지만, 나에게는 점점 악몽 같은 인연으로 변해갔다. 만나자는 부탁을 좋게 좋게 돌려 거절하는 일도 나중에는 버거워 아예 번호를 스팸으로 돌려버렸다. 확실하게 끊어주었더라면 차라리 나았을까. 그런데 사귀자는 것도 아니고, 잊을 만하면 끈덕지게 전화해 미련만 뚝뚝 흘리고 있는 S. 대체 어쩌라는 건지 울화가 치밀어서 그 당시의 난 그 아이의 목소리를 듣는 것만으로도 고역이었다. 그러다 일이 터졌다.

스물다섯 살 때였나. 갓 사귄 남자친구와 알콩달콩 연애를 시작하던 시기였다. 남자친구네 집에서 놀다가 실수로 휴대폰을 두고 왔는데, 뭔가 느낌이 싸늘했다. 아니나 다를까. 다음 날 아침 남자친구가 전화기를 건네주며 이런 얘길 하는 거였다.

"어제 새벽에 어떤 남자한테서 전화 왔었어. 이름이 S라던가? 휴대폰 놓고 가서 지금 통화 안 된다고 하니까 엄청 당황하더니 갑자기 끊더라."

그때까지만 해도 대수롭지 않게 여겼다.

"고등학교 때 나 좋다고 따라다니던 앤데 아직도 가끔 새벽에 연락이 오네. 신경 쓰지 마. 이러다 말겠지, 뭐."

S에게는 그 일이 엄청난 충격과 상처였던 모양이다. 그날부터 며칠 동안 나는 태어나서 들도 보도 못한 욕설에 시달려야 했다. 휴대폰 음성으로도, 문자 메시지로도 잊을 만하면 육두문자와 성희롱에 가까운 협박 메시지를 남겼다.

"쌍년아, 네가 뭔데 나를 우습게 보냐.", "너 남친한테 우리

손잡고 뽀뽀했다고 다 얘기할 거다."(그런 일은 있지도 않았건만)
"너희 집 어딘지 다 알아. 언제 찾아갈지 모르니까 각오하고
있어."

대체 얘가 왜 이러나. 처음엔 어이가 없었다. 자세히 내용
을 보니 자신을 조롱하고 기만하기 위해 내가 일부러 다른 남
자를 불러다 그 밤에 전화를 받게 하고 우리 둘이 시시덕거렸
다고 생각하는 것 같았다. 하, 너한테 그만큼의 관심조차 가
진 적이 없어, 라고 말하고 싶었지만 최대한 이성을 가지고
좋은 말로 타일렀다. 진짜로 전화기를 두고 왔고, 내 남친은
새벽에 급한 전화인 것 같아 받은 것뿐이다. 오해할 것 없다.
그리고 너와 나는 고등학교 때 친구일 뿐이니까 늦은 시간에
전화하는 일은 자제해줬으면 좋겠다.

아, 한때 풋풋한 미소를 날리며 내게 사랑을 고백하던 그
소년은 어디로 가고, 질투와 피해의식에 절어 내게 쌍욕을 퍼
붓는 무서운 사내만 남았을까. S는 완전히 흑화하여 칼이라
도 들고 쫓아올 기세였다. 그런데 그의 분노를 잠재운 건 어
이없게도 내 남자친구의 "그만해라"라는 한 마디였다.

남자친구와 함께 있을 때 또 그 녀석에게 전화가 왔고, 둘
다 이성을 잃고 욕을 주고받으며 싸우고 있는 찰나 내 전화기
를 그가 가져갔다. 어딘가로 가서 한 일 분간 통화를 하더니

내게 휴대폰을 돌려주며 말했다. "다 끝났어, 이제."

정말 그걸로 끝이었다. 문자 폭탄도, 욕설 섞인 음성도 없었다. 열일곱 살 때부터 팔 년여에 걸친 지긋지긋한 악연이 이렇게 끝을 맺다니. 너무 신기해서 남자친구에게 도대체 뭐라고 말한 거냐고 꼬치꼬치 캐물었다.

"그냥 별말 안 했는데? 오해한 거 같으니 이제 그만하시라고 좋게 얘기했어. 걔는 계속 네, 네, 하더니 너 잘 부탁한다고 그러고 끊었어."

아……. 머리가 띵했다. 순간적으로 치밀어 오르는 분노와 황당함이 어디로 향할지 갈 길을 잃었다. 네 운명의 짝사랑은 그렇게 보잘것없는 것이었니. 자기보다 더 나이 많고 목소리 굵은 남자가 말하니까 한번에 입 닥치는, 그냥 그 정도의 마음 때문에 그 긴 시간 동안 너를, 그리고 나를 괴롭혀온 거야? 어이가 없어서 웃음만 나왔다.

게다가 나를 부탁해? 누가 누굴 부탁해. '내가 좋아하는 여자는 내 거'라는 자기중심적인 논리는 대체 어디서 나온 건지. 남자들에게 첫사랑이 특별하다는 얘기는 익히 들어 알고 있었지만, 이렇게 자기중심적이고 추악한 것이라면 세상의 어떤 여자도 그 대상이 되길 원하지 않을 것이다.

많은 남자가 그렇듯이 S는 첫사랑에 빠진 자기 자신과 사랑에 빠졌던 것일지도 모른다. 거기서 그쳤다면 서로에게 좋은 추억을 남기고 끝났을 텐데. 아마 S는 술자리가 있을 때마다 쌍년이 된 첫사랑 얘기를 주절대고 다녔을 것이고, 나는 이제 남자의 첫사랑 얘기만 들어도 구역질이 나온다. 〈건축학개론〉을 보며 내 입가에 썩소가 사라지지 않았던 것은 그 때문이다.

아이러니한 건, 당시 남자친구는 현재 내 남편이 되어 S가 부탁한 대로 일이 흘러갔다는 거다. 그놈과 절대 상관없는 일이라고 생각은 하지만 괜히 뜨악한 기분. '당신도 누군가에게는 첫사랑이었다'라는 영화의 카피가 내겐 차라리 저주로 다가오는 이유다.

아 빠 딸 의
결 혼 식

"우린 참 수월하게 결혼했어, 그치?"

남편이 종종 이런 말을 할 때마다 나 또한 흔쾌히 동의하곤 했다. 사 년여의 연애가 무르익을 즈음의 시기도 적당했고, 양가가 모두 환영하는 분위기였고, 상견례부터 예물, 예단, 본식에 이르기까지 별다른 잡음 하나 없었다. 굳이 아쉬운 점을 찾자면 축가 부를 때 MR이 안 나왔던 정도?

그런데 최근에는 다른 대답을 했다. "왜 그런지 알아? 내가 모든 걸 내려놨기 때문이야. 수월한 결혼을 위해서."

그랬다. 그때 나는 분명히 알고 있었다. 이건 내 결혼식이 아니다. 우리 아버지 딸의 결혼식일 뿐이다. 아버지가 딸의 결혼식을 무사히 치를 수 있도록 최대한 협조해줘야 한다. 그게 내가 아버지라는 가부장의 울타리 안에서 해내야 할 마지막 과업이다.

물론 그때는 이렇게 선명하게 의식하고 있진 못했지만 본능적으로 알고 있었다는 얘기다. 결혼식의 주인공은 내가 아니라는 걸. 신부는 일종의 장식품이고, 웨딩드레스는 일종의 코스프레와 다를 바가 없다는 걸. 마치 신부와 신랑이 원해서 모든 것을 결정하는 것처럼 보이지만, 이것은 양가 가부장이 허용한 범위 안에서다. 그걸 잘 캐치해야 잡음 없는 결혼식이 가능하다.

그도 그럴 것이 누구도 나에게 어떤 결혼식을 하고 싶으냐고, 무엇을 원하느냐고 묻지 않았다. 애초에 결혼식을 할지 말지조차 나의 선택사항이 아니었다. 그걸 잘 알고 있었기에 나는 처음부터 결혼식에 대한 로망을 1그램도 품지 않았다. 효율성과 보편성을 제1순위로 올려놓고, 나의 개성과 사사로운 욕망은 완전히 제쳐두었다.

시집에서 양해해준 덕분에 결혼식장은 친정집 가까운 곳으로 잡을 수 있었다. 주차장 넓고, 식대도 저렴하고 무엇보다 집에서 오 분 거리라 낙점. 웨딩홀이 어떻게 생겼는지, 생화로 장식을 하는지 조화로 장식을 하는지 전혀 관심 무. 결혼박람회는 딱 한 번 다녀왔다. 몇 군데 돌아보지도 않고 '스드메'라고 하는 패키지로 계약해서 웨딩촬영과 메이크업 등등을 한번에 해결. 예물, 예단은 최대한 생략하자고 양가에 양해를 구했다. 뭘 주고받고 한다는데 말만 들어도 골치가 아팠다. 정확히 기억은 안 나지만 가장 평균적인 금액을 보내드리고 말았던 것 같다. 예물은 하나도 안 받았고, 결혼식에 필요한 결혼반지만 하나씩 사서 나눠 꼈다(결혼식 이후에는 남편이나 나나 거의 껴본 적이 없으므로, 오직 결혼식에서만 그 소용을 다한 셈이다). 주례는 남편과 나의 모교 대학 교수님께 부탁했고, 만나서 청첩장을 돌리는 일도 최소화했다. 그러니까 욕먹지 않을 정도로만 구색을 맞춰 식을 진행했던 셈이다. 당시의 내 솔직한 심정은 '빨리 해치워버리고 싶다' 그 이상 이하도 아니었으니까.

결혼 준비에서 내가 가장 마음을 쓴 과정은 역시 신혼집 꾸미기였다. 시집에서 9천만 원이나 집값에 보태주었고, 둘 다 모아놓은 돈이 별로 많지 않았던 우리는 일산에 9천5백만 원짜리 오피스텔 전세를 구했다. 인천 집과 일산 신혼집을 오가며 가구도 들여놓고, 짐도 옮기고, 버릴 건 버리고. 그 과정이 내게는 진짜 결혼 같았다. 바쁠 때는 신혼집에서 그냥 자고 간다고 전화해도 엄마는 외박한다고 크게 뭐라 하지 않았다. 그럴 때는 조금 이상한 기분이 들기도 했다.

대망의 결혼식 날이 가까워졌다. 신혼여행 떠나기 전 일이 몰려 신혼집에서 밤샘 작업을 하다가 문득 마음이 서늘해졌다. 여긴 어디지, 난 누구지, 내 집은 이제 여기잖아, 그럼 집엔 언제 가지. 뭔가 내 의지와는 상관없이 삶의 소용돌이에 정신없이 휘말린 느낌에 주저앉아 엉엉 울음을 터뜨리고 싶은 심정이었다. 솔직히 고백하면 그 새벽, 나는 많이 울었다.

언젠가 집을 떠나 나만의 새로운 생활을 시작한다는 것은 정말이지 꿈만 같은 일이었다. 그것이 결혼이든 독립이든 간에……. 아주 오랜 시간 기다려왔다는 게 맞는 말일 게다.

그런데 이제는, 그토록 기다렸던 새로운 시작의 순간이 왔는데, 내가 집을 떠나는 게 아니라 집이 나를 떠나는 듯한 기분이 든다. 분명 내 스스로 생각하고 판단하고 결정해 만들어가는 삶일진대, 생의 무엇인가가 나를 조종해 집으로부터 떼놓는 느낌이 든다.

디데이 전날이 되어서야 비로소 알겠다. 나는 집을 그

리워하지 않은 게 아니라, 다만 그리워할 기회를 가져보지 못한 것뿐이다.

　결혼식 전날 쓴 일기의 한 부분이다. 혼자 오열하며 느낀 바가 많았는데 내 언어 구사력의 한계가 이 정도다. 결혼식에 대한 감정이 냉소에 가까웠다면, 이날을 기점으로 결혼을 대하는 나의 마음 상태는 '감사함'과 약간의 슬픔(?)으로 바뀌었달까.

　아무튼 나는 아버지 딸의 결혼식에서 맡은 역할을 성공적으로 완수해낼 의지를 다지게 되었다. 내 의지와 다르게, 내가 입고 싶지 않은 옷을 입고, 어색한 화장을 하고, 모르는 사람들 앞에서 방긋방긋 웃어야 하는 역할을 기꺼이 해내기로 마음먹었다. 실제로 그렇게 마음을 다지니까 결혼식이 너무 재미있었다.

　물론 마음대로 돌아다닐 수가 없으니 나의 이동 반경은 무척이나 제한적이었지만, 예쁜 옷을 입고 인형처럼 앉아 나를 보러 온 사람들을 구경하는 재미가 꽤 쏠쏠했다. 얼굴도 모르는 친척들이 내 이름을 불러주고 축하를 보내주며 내가 꼬맹이일 때를 기억했다. 그럴 땐 '내가 나에 대해 다 안다고 말하는 건 오만일 수도 있겠구나' 하는 생각이 들어 괜히 숙연

해졌다. 양가 어머니들이 화촉에 불을 붙이고, 대학 때 교수님이 주례사를 읊고, 우리를 지켜보는 수많은 사람들 앞에서 '영원히 잘 살겠다'고 맹세하는 일 모두 현실 같지가 않았다. 다만, 엄마가 울 것 같은 표정으로 나를 볼 때, 잠시 울컥했으나 급히 시선을 피하며 내 역할 수행에 최선을 다했다.

마치 연극 무대를 보는 것 같았던 그 비현실적이고 소동 같은 행사 이후로 나는 가정이 바뀌었다. 등본도 바뀌었다. 집에 가는 지하철 노선이 달라졌다. 인생이 통째로 바뀐 것이다. 여자의 인생은 이렇게 쉽게 달라진다.

그렇게 결혼식이 끝났다. 누가 왔고, 축의금은 얼마가 들어왔고, 그런 건 관심 없었다. 아버지는 내 친구들이 준 축의금까지 다 가져갔지만, 그것도 그러려니 했다(그 와중에 따로 봉투를 찔러 넣어준 친구들이 있어 신혼여행 때 요긴하게 잘 썼다). 아버지가 딸자식을 키운 값에 너무도 모자라지 않은가.

명 절 이 라 는
이 상 한   세 상

명절은 정말 이상한 날이다. '여기는 판타스틱한 가부장
사회'라는 제목의 역할극이라도 하는 것 같다. 장르는 블랙
코미디. 남자들은 이상할 정도로 아무 일도 하지 않고 먹고
놀기만 하고, 여자들은 지나칠 정도로 많은 일을 하고 굽실
거린다.

여자들이 그렇게 많은 일을 하는 이유는 또 얼마나 기괴
한가. 남자 쪽 조상님을 숭배하는 제사상을 차리기 위해서다.
여자들은 내 조상도 아니고, 남의 조상을 허리가 부러져라 챙
겨야 한다. 그렇게 노동력을 갖다 바치고, 남자들은 보란 듯
이 제사장이 되어 의식을 거행한다. 물론 거기에 필요한 모든

뒤치다꺼리는 다 여자 몫이다. 장을 보고, 전을 부치고, 과일을 씻고, 밤을 까고, 방앗간에 가서 떡을 뽑아오고, 만두를 빚고, 그릇에 예쁘게 담아 내가면, 남자는 흘깃흘깃 책을 커닝하면서 홍동백서니 어동육서니 하며 양반 흉내를 낸다. "자, 여자도 와서 절해!"라는 가부장의 허락이 떨어지면 누추한 행색을 부끄러워하며 그제야 절을 올린다. 상을 물리고, 음식을 정리하고, 설거지를 하고, 제기를 닦는 등 뒤처리 일은 또 얼마나 많은지.

철이 들면서 이런 이상한 상황을 아무렇지 않게 받아들여야 하는 것이 너무 힘들었다.

"너 이제 명절 당일에 친정 올 생각하지 마. 시집에서 다 지내고 다음 날 돼서 오든가, 안 와도 상관없어."

결혼 후 맞은 첫 명절, 아버지한테 들은 소리였다.

태어나서 처음으로 우리 집이 아닌 다른 집, 그러니까 시집에서 명절을 보냈다. 시가 어른들은 모두 좋은 분들이어서 갓 결혼한 며느리를 조심스럽게 대해주었다. 경상북도에서는 설날에 만두를 해먹지 않는다는 걸 처음 알았다. 진하게 우린 멸치 육수에 볶은 소고기와 달걀흰자와 노른자로 정성들여 만든 고명을 올린 떡국은 의외로 아주 맛있었다. 설 전날, 며느리들끼리 모여 만두를 천 개쯤 빚어 연휴 내내 얼큰한 만둣국만 먹어대던 게 친정 풍습이었다. 모든 게 처음이었고 달랐다. 시집에서 2박 3일을 보내고 익숙한 친정으로 향하는 길, '이제야 원래 있던 곳으로 간다'는 안도감에 심신이 금세 풀어져버린 건 그래서였다.

나는 결혼 전부터 이미 명절증후군을 앓고 있었다. 키가 엄마를 따라잡을 즈음부터는 꽤 보탬이 되는 일손이었으니까. 명절 기간에 친구들과 놀러간다는 건 상상도 할 수 없었다. 전날엔 하루 종일 전을 부치고, 만두를 빚느라 허리가 굽는 것 같았고, 당일엔 수십 명 손님들이 오갈 때마다 밥상을 차려내는 엄마를 돕느라 손에 물이 마를 새가 없었다. 설거지를 한 시간씩 하는 건 일상이었고, 화투 치는 남자들 수발들기는 때로 자정이 넘도록 끝나지 않았다. 그렇게 연휴가 지나고 나면 엄마, 숙모들과 작은 방에 누워 곤히 낮잠을 잤다. 그래, 맏딸과 엄마 사이에는 일종의 전우애가 형성되는 법이니까. 엄마 곁을 지켜야 한다는 뜨거운 의무감 같은 것 말이다.

그런데 처음으로 엄마를 전쟁터에 홀로 둔 것이다. 난 엄마가 너무 보고 싶었다. 엄마는 또 엄마 나름대로 시집에서 첫 명절을 쇠고 온 딸이 안쓰러웠는지 반가운 표정에 눈가가

촉촉했다. 그 와중에 혼자 근엄한 표정을 풀지 않고 있던 아버지가 던진 그 말은 내게 상처가 되었다. 내 딸, 보고 싶었다. 첫 명절은 어떻게 보냈니. 뭐 그런 다정한 인사말은 기대하지도 않았지만, 꽁꽁 얼었다가 이제 막 해동된 상태의 사람에게 비수를 꽂을 줄이야.

"요즘은 옛날하고 달라서 아들 둔 부모들이 더 손해야. 장가보내고 나면 완전히 자식 뺏긴 기분 든다고. 옛날처럼 며느리가 시부모 모시고 사는 것도 아니고."

어쩌고저쩌고, 삼십 년 동안 귀에 인이 박히도록 들은 남존여비 특강. 더 듣고 있기가 고역이었다.

"알았어요. 안 올게요."

아버지의 그 말이 왜 그렇게 서러웠을까. 집에 오는 길, 가라앉은 기분이 좀처럼 나아지지 않았다. 시집을 가든 친정을 가든 내가 가는 건데, 왜 아버지는 그걸로 예의 타령인가. 내가 삼십 년 동안 '우리 집'이라 불렀던 그 집은 이제 더 이상 내가 가고 싶을 때 갈 수 있는 그런 곳이 아니었다. 아버지는 자신의 딸보다 시집의 입장과 가부장으로서의 체면을 더 중요하게 생각했다. 그 가운데서 나는 마치 물물교환의 대상이 된 것 같았다. 재벌들의 정략결혼만 그런 게 아니었다. 결혼이란 제도는 절대 두 사람의 사랑의 결실로 이루어지는 게 아니었다.

친정은 오지 말라 하고, 시집에서는 자주 오길 바라니 고민할 게 있을 리 없다. 내 마음이 복잡하고 언짢다 한들 이런 상황에 어디다 무슨 문제제기를 한단 말인가. 남편 또한 불편한 처갓집에서 이틀을 보냈으니(나와 노동의 강도는 다르다 할지라도) 같은 입장이라 해도 과언이 아니었다. 그럼에도 불구하고 나는 억울하고 불편했다. 아무도 문제를 느끼지 못하는 상황에서 나만 문제라고 느끼는 것도 씁쓸했다.

명절을 보낸 후 페이스북에 그런 복잡한 심경을 글로 써서 올렸다. 그걸 나중에 시아버지가 보고 남편에게 연락을 했다. "며느리가 그런 생각을 하고 있는지 몰랐다. 실망이다." 나는 그 소리를 남편을 통해 듣고 계정을 바로 없애버렸다. 이상한 것을 이상하다고 생각하면 안 되는 며느리.

나만 받아들이면 모두가 편한 걸까. 왜 나는 그게 쉽지 않을까.

내　　남　편　의
성　　　장　　　기

그러니까 1주년 결혼기념일이었단 말이다. 아무리 내가 기념일을 챙기는 데 무심한 스타일이라 하더라도 이건 좀 너무하지 않은가 싶었다. 밀려드는 마감러시에 며칠째 수면 부족인 탓도 있었을 것이다. 맨날 아무 생각 없이 지나다니던 동네 치킨집은 그날따라 유난히 추레했고, 직원들은 불친절했다.

자상한 시부모님이 결혼기념일을 축하한다며 송금해주신 10만 원을 들고 어딜 갈까 집을 나서 한참을 헤맨 끝에 들어간 집이었다. 원래는 근사한 프렌치 레스토랑에서 오랜만에 분위기를 내볼까 했었다. 가는 곳마다 예약이 꽉 차 있어 갈 수 있는 곳이 없었고, 늘 그렇듯 쿨병에 걸린 나는 이렇게 말해버리고 말았다. "난 진짜 아무거나 괜찮아. 치킨이나 먹자."

그래, 내가 먹자고 와놓고 이러는 건 스스로가 생각해도 말이 안 되지만, 치킨집 구석에 앉아 나도 모르게 눈물을 주르륵 흘렸다. 창피해서 안 운 척하고 싶었지만 이미 수도꼭지 틀어놓은 것처럼 엄청난 양의 눈물이 줄줄 흘러내려 어찌할 바를 몰랐다. 치킨을 앞에 두고 내가 한참을 그렇게 오열하는 동안 남편은 그야말로 '멘붕'이었다. 자기, 왜 그래? 내가 뭐 잘못했어? 묻다가 이내 깨달은 듯 덩달아 아무 말이 없어졌다.

기념일이라는 게 참 그렇다. 평범한 하루 중 하나일 뿐인데 괜히 의미부여하게 된단 말이다. 결혼 후 치열하게 살았던 지난 일 년을 되돌아보니 만감이 교차했다. 씩씩하게 자신감 있게 헤쳐나온 줄 알았는데 실은 속으로 엄청 불안하고 곪아 있었나 보았다. 남편은 수입이 전혀 없다시피 한 무명 소설가였고, 나는 프리랜서 기자였으니 둘 다 비정규직으로 먹고살아야 하는 상황. 결혼 전이나 후나 남편은 변한 것 없이 참 한결같은 사람이었다. 그게 문제가 될 줄 몰랐다. 남편이 소설가로서 언젠가 성공할 거라는 확신은 있었다. 남편이 못 벌면 내가 좀 더 벌면 된다며 사방에 떠들었다. 내가 떠들어놓은 말을 입증이라도 하겠다는 듯이 닥치는 대로 일을 했다. 상근 프리랜서로 한 시간 반 걸리는 잡지사에 출퇴근을 하면서, 중간에 짬을 내 다른 취재도 하고, 집에 와서 밤새 외부 청탁 기사 마감을 하고, 한 시간 눈 붙이고 바로 또 출근해서 일하고……. 한 달에 단 하루도 쉬는 날이 없었다.

하루 종일 취재하러 다니다 보면 끼니도 제대로 챙겨먹지 못하는 날이 허다했다. 무거운 노트북과 책으로 가득한 가방을 메고 하도 돌아다니니 어깨는 빠질 듯하고 다리는 후들거렸다. 그렇게 집에 오면 설거지거리는 그대로 쌓여 있고, 남편은 자다 깨서 "자기 왔어?" 하며 다가와 안아주었다. 애정표현이고 뭐고, 나는 먹고사느라 죽을 것 같은데 환상의 세계를 헤매며 아무 때나 먹고 자는 남편을 마주하는 심정이란. '집구석에 처박혀 있으면서 설거지도 안 하고 뭐 했어!'라고 윽박지르고 싶은 마음이 굴뚝같았다. 먹고살겠다고 찬밥이라도 한술 뜨려는데 힘이 없어서 손이 벌벌 떨렸다. 눈치 보는 남편을 보니 또 미안하고. 아, 왜 나 혼자 아등바등하는 거지?

가부장제의 울타리를, 내가 그리워하게 될 줄은 꿈에도 몰랐다. 울타리 밖을 뛰쳐나가면 자유로울 줄만 알았지. 밥벌이의 엄중함을 감히 상상조차 하지 못했던 미성숙한 인간이었던 것이다. 남편도, 나도.

돈을 안 벌면 굶어죽을 수도 있다(솔직히 죽지야 않겠지만)는 사실을 실감하고 있는 것과 믿을 구석이 어딘가 있는 것과는 천지 차이다. 그런 점에서 남편은 정말이지 가부장제와 거리가 먼 사람이었다. 그게, 내가 그와 결혼을 결심한 이유이긴 했는데 말이다. 그래도 어쩜 이렇게 대책이 없을 수 있지? 동등한 부부로서 누가 돈을 더 많이 번다고 집안일을 조금하고, 돈을 못 번다고 많이 하는 건 아니라고 생각했지만, 적어도 아내가 잠도 못 자고 밥도 못 먹고 생계를 책임지고 있는데 저렇게 아무것도 안 할 수가 있나, 복장이 터졌다.

그래, 결혼기념일 치킨집에서의 오열은 일 년간 내 안에 쌓인 불안함과 서러움의 폭발이었던 셈이다.

한데 이건 또 뭐람. 내 눈물을 그치게 한 건 다름 아닌 일 관련 전화였다. "아, 네네. 그럼요. 할 수 있죠. 네, 청탁서 보내주세요. 확인할게요." 먹고사는 문제는 감상에 젖을 시간도 아깝게 만드는 법. 일 하나를 그렇게 받고 눈물이 쏙 들어간 나는 그제야 비로소 다 식은 치킨을 뜯기 시작했지만 남편은 여전히 울 것 같은 표정으로 손도 대지 못했다.

"오빠가 뭘 잘못해서 운 게 아니야. 단지 내 문제일 뿐이야. 나 일 년 동안 정말 열심히 살았어. 오빠랑 잘 살려고 결혼했고, 그래서 최선을 다했어. 오늘 1주년이라 좀 감상적이 됐나 봐. 그냥 이 추레한 치킨집이 딱 내 현실인 것 같아서 순간 너무 절망스러웠어. 나는 아무리 죽을 둥 살 둥 발버둥을 쳐도 결국 이 치킨집이구나. 아마 평생 여길 벗어나지 못할지도 모르겠다. 그럼 뭐 어때. 치킨은 맛있는걸. 하하.”

결혼생활 내내 나는 나의 선택에 책임을 져야 한다고 되뇌었다. 가부장제 안에서 남편의 경제력에 기대 살고 싶었다면 애초에 그런 경제적 능력과 가장으로서의 책임감을 지닌 남자를 선택했어야 할 일이었다. 내가 선택한 남자는 내가 나로 살 수 있게끔 지지해주는 사람이었다. 경제적 능력은 결혼 전에도 딱히 없었지만 그건 내게 별문제가 되지 않았다(물론 그게 그렇게 힘들 줄 그땐 몰랐지만).

나는 스스로 울타리를 벗어난 것이었고, 그건 분명히 내가 원하던 바였다. 워라밸도 내가 만들어나가면 될 일이었다. 돈 버는 일만큼이나 함께 많은 여행을 하며 둘만의 삶을 누리는 데도 시간을 투자하려 노력했다. 베트남, 미얀마, 라오스 등 동남아시아의 수많은 나라들을 섭렵했고, 경제사정이 좀 나아진 이후에는 매년 유럽 여행도 함께했다. 그렇게 내가 마음을 다독이며 불안감을 떨쳐내는 연습을 하는 동안 남편도 서서히 변화해가고 있었다. 나중에 들었지만 치킨집에서의 그 눈물이 그에게도 꽤 충격적이었나 보았다. 그 이후로 먹고사는 문제에 대한 집착이 점점 강해졌다고 해야 하나. 자아실현을 위한 글쓰기는 접어두고, 철저하게 먹고살기 위한 글쓰기에 집중하는 프로 글쟁이로 진화해나가는 모습을 나는 곁에서 지켜보게 된다.

어떤 글이 잘 팔릴까 끊임없이 연구하고, 관련 서적들을 찾아서 읽고, 기회가 오면 몇 번이고 다시 도전하고, 독자들의 리액션에도 일일이 반응했다. 그러던 어느 날, 결국 네이버 웹소설 서비스 오픈 작가로 뽑히는 날이 오고야 만 것이다! 연재료를 월급처럼 받는 날이 올 줄이야. 나는 남편 앞에서 깨춤을 추었다.

우리는 어느덧 결혼기념일을 아홉 번이나 보냈다. 우리가 함께한 시간의 양이 어마어마하구나, 싶다가도 그 시간의 대여섯 배가 앞으로 기다리고 있다는 사실에 새삼 결혼의 중요성을 느낄 수 있었다. 이번 기념일에는 남편이 먼저 여행을 떠나자고 제안해왔다. 자신이 모든 준비를 다 할 테니 따라만 오라고. 그 말이 그토록 감개무량할 줄이야. 허니문 때만 해도 여권을 어떻게 만드는지조차 모르는 여행 무식자였단 말이다. 여행 계획부터 항공권 발권, 루트 짜기, 환전, 예산 관리, 지도 보고 길 찾기 등등 모두 내 차지였는데, 미처 알아차리지 못한 사이 남편은 훌쩍 성장해 있었다. 일부러라도 나는 여행 정보를 하나도 찾지 않고 따라갔는데, 실제로 남편은 완벽한 준비로 나를 이끌어줬다.

결혼기념일 다음 날, 창밖으로 바닷물이 찰랑거리는 오노미치의 한 료칸에서 나는 눈을 떴다. 새벽에 일찍 일어나 매일의 연재분을 쳐내야 하는 소설가 남편의 타이핑 소리가 분주하게 들려왔다. 그 소리가 어찌나 달콤한지 그대로 누워 오랫동안 무거운 눈을 감았다 떴다 했다. 결혼 1주년 때 내 눈물과 호들갑이 민망스러울 정도로 많은 것이 변하고 있었다. 우리는 점점 닮아가고 있었고, 분명 함께 나아지고 있었다.

문득 그때 생각이 나서 당시 남편이 내게 보냈던 메일을 다시 찾아봤다. 아마 그는 그때도 알고 있었나 보다.

자기 눈물…… 난감했다기보다 가슴 한편이 무너지는 느낌이었다는 게 적당하겠다. 조금도 과장 없이. 어떤 눈물인지 잘 알 수 있었기에 자기한테 너무 미안하고, 나 자신이 정말 한심하고 자괴감이 느껴졌어. 하지만 자기 메일 중에서 이 부분은 솔직히 심히 못마땅하고 불만스러워.

"오빠는 피곤한 낯빛과 미안한 눈빛으로 늘 그렇게 내 앞에 있고…… 난 아득바득 죽어라 일을 해도 평생 이런 환경에서 이렇게 추레하게 살다 죽겠구나…… 몰랐던 바 아니지만, 크게 불만도 없지만, 그런 엄정한 현실이 갑자기 나를 관통해버린 거야. 슬퍼서가 아니라, 무섭고, 암담해서 눈물이 그냥 흘러나왔어."

우리의 환경은 처음보다 훨씬 나아졌다고 생각하고 앞으로도 나아질 거라는 확신이 있고 난 지금 우리 생활이 그렇게 추레하다고 생각하지 않아. 또 설령 자기는 그렇게 느꼈다 해도, 평생 지금과 같을 거라고도 생각하지 않아. 우리 생활에서 추레한 건 자기 책상 주변뿐이거든?

아 이　　　없 는
삶　　　　　　을
선 택 한 다 는　　것

　　가부장제 플로^{flow}라는 게 있다(내가 만든 말이다). 태어나서

정해진 성 역할을 부여받고 자라 유치원, 초등학교, 중고등학

교, 대학교를 좋은 성적으로 졸업하고, 적당히 연애하고 사

회생활 좀 하다가 결혼 적령기에 결혼하고, 애를 낳아 키우

고……. 시대에 맞게 다소 변형되긴 하지만 무한 반복의 흐

름이 뫼비우스의 띠처럼 이어진다. 개개인은 주어진 성, 연

령, 경제, 사회적 위치에 따른 역할을 수행하며 플로의 희생

자가 되기도 하고 부역자가 되기도 한다. 이 플로에 역행하거

나 벗어나기 위해서는 높은 수준의 각성 혹은 저항정신이 필

요하며 곧바로 거대한 반발에 부딪히게 된다. 플로에서 벗어

나는 데 성공한다 해도 사회부적응자나 별종이라는 딱지가 붙을 뿐이다.

난 아주 오래 이러한 가부장제 플로에 순응해왔다. 제사 많은 집 장녀로 태어나 자연스럽게 엄마의 일을 도왔고, 학교에 보내주니 싫든 좋든 학교에 다녔고(십이 년 개근으로!), 대학을 보내주니 대학을 갔다. 적당히 사회생활을 하다 적령기에 결혼도 했다. 약간의 반항이나 소극적인 일탈이 없지는 않았으나 한 번도 크게 벗어나거나 거슬러본 적이 없었단 얘기다. 태어나 처음으로 가부장제 플로에서 한 발짝 벗어나본 것이 결혼 이후 아이를 낳지 않기로 결정하면서부터였다.

"아이 낳지 않고 저희 둘이 잘 살게요."

우리 부부가 많은 대화를 나누고, 다가올 미래에 대해 충분히 고민한 끝에 내린 결정이었다. 솔직하게 고백하면 남편의 결정에 내가 동의하고 따른 것이었다. 앞서 이야기했듯 살면서 단 한 번도 가부장제 플로를 거역해본 적이 없었던 나는 결혼을 하면 당연히 아이를 낳아야 하는 줄 알았다. 왜 낳아야 하는가, 정말 아이를 갖고 싶은가에 대해 진지하게 고민해본 적도 없었을뿐더러 그것이 선택사항이라고 생각해본 적도 없었다. 엄마가 된다는 건 어떤 느낌일까, 라는 막연한 호기심도 분명 존재했다. 그런 내게 남편은 결혼 전부터 여러 가지 이유로 아이를 갖고 싶지 않다는 이야기를 꾸준히 해왔고, 그제야 처음으로 플로에서 한 발짝 벗어나 우리 삶을 객관적으로 들여다보게 된 것이다.

나는 과연 진심으로 아이를 낳고 싶은가. 음, 그래야 할 것 같은데? 왜지? 나와 사랑하는 사람을 닮은 아이를 만나고 싶어서? 그건 너무 아이 입장을 고려하지 않은 이기적인 이유 같은데. 저출산이 문제라는데, 나라가 망하면 어떡해? 내가 볼 때 지구는 인구가 너무 많아서 문제인 것 같은데. 장기적으로 봤을 때 좀 줄어드는 게 환경적으로나 후대를 위해서나 더 나은 거 아닌가. 내 핏줄을 이 세상에 남기고 싶지 않아? 음, 그건 내게 별로 중요한 문제는 아닌 것 같아. 노후 생활은 어떡해? 노후를 위해 아이를 낳겠다는 건 정말 태어날 아이에게 미안한 일이야. 지금 내가 열심히 살면 되지!

많이 축약되었으나 대략적인 의식의 흐름은 이와 같았다. 그렇게 우리끼리는 건강한 토론을 통해 의견의 합일을 보았으나 문제는 플로를 거스르는 일이 생각보다 큰일이라는 거였다.

"아무 노력도 해보지 않고 애를 안 낳는다는 게 말이 되냐!"

결혼 삼 년 차에 접어들자 양가에서 출산에 대한 압력이

거세지기 시작했다. 처음엔 두루뭉술하게 넘어가다 나중에는 진지하게 우리의 상황과 입장을 설명드리기도 했으나 이건 그리 단순한 문제가 아니었다. 시부모님은 온갖 친지들과 지인들에게서 수십, 수백 번씩 손주를 왜 안 보느냐는 질문을 받았고, 그 화살은 우리에게로 날아왔다. 지나가는 할머니도, 택시 기사도, 처음 보는 거래처 사장님도 물었다. "애는 있으세요?" 그야말로 온 세상이 우리에게 묻는 것 같았다. 애는? 애는 안 낳아? 왜 안 낳아? 왜? 왜?

그 과정에서 내가 며느리로서 감당해야 했던 부분은 이런 것이었다. '너의 몸에 뭔가 문제가 있어서 안 낳는 게 아니냐'는 의심의 눈초리를 불식시키기 위해 일부러 산부인과에 가서 나팔관 조영술 같은 불쾌한 검사도 받았다. 그리고 네 명의 시고모 앞에 죄인처럼 앉아 "여자가 시집을 왔으면~"으로 시작되는 능멸의 집중포화도 받아야 했다(혼자 그 화살을 받아내는 동안 모르는 척하던 시부모님과 남편이 어찌나 원망스럽던지!).

난 원래 낳고 싶었다고! 너 땜에 우리가 안 낳는 건데 왜 화살은 나만 받아야 하는 거야? 적어도 나한테 미안해해야 하는 거 아니야? 억울한 마음에 남편을 잡도리해보기도 했지만 그게 얼마나 바보 같은 말인지 내가 더 잘 알고 있었다. 남편의 뜻에 따랐다고 해도, 그를 선택하고, 딩크의 삶을 결심한 것은 다름 아닌 나 자신이었으니까.

그 과정에서 보여준 남편의 의연함과 당당함이 거센 가부장제 플로에서 완전히 벗어나지 못한 채 허우적거리는 나를 붙잡아주었다.

"자기는 엄마가 되고 싶었다고 말하지만, 그리고 나도 우리를 닮은 아이를 가끔 꿈꾸기도 하지만 아무리 생각해도 우리에게는 아이 없는 삶이 맞아. 애 키우면서 얻는 기쁨보다 우리가 하고 싶은 일을 해나가고, 꿈꿨던 삶을 만들어나가는 과정에서 얻어지는 것들이 훨씬 많을 거라는 걸 알아. 내가 그렇게 만들 거야."

머릿속이 작품에 대한 구상과 작가로서의 포부로 가득 차 있는 나의 소설가 남편. 맙소사. 난 그런 그를 그 자체로 사랑해서 결혼했다. 어쩜 그 중요한 걸 잊고 있었을까. 가부장제가 반드시 사라져야 하는 이유 첫 번째가 이것이다. 서로를 있는 그대로의 모습으로 바라보지 못하게 방해한다는 것. 절대 정자 제공자로 그를 선택한 게 아니었듯이 그 또한 마찬가지였다. 그는 나의 자궁, 나의 난소를 사랑하는 게 아니라 있는 그대로의 나, 여행을 사랑하고 늘 새로운 꿈을 꾸는 나를 사랑했다. 그리고 우리는 그렇게 살기 위해 아이 없는 삶을 선택했다. 우리에게 가부장제 플로에서 벗어난다는 것은 우리가 살고 싶은 삶을 스스로 만들어나간다는 것을 의미했다.

우리는 어느덧 결혼 십 년 차에 접어들었다. 여전히 우리는 딩크로 살고 있고, 같이 지내는 네 마리의 고양이들도 우리만큼이나 독립적이다. 우리는 지난 십 년간 많은 여행을 함께했고, 사이는 더욱 돈독해졌으며, 각자가 원하는 방향으로 끊임없이 성장 중이다. 지금 생각해보면 역시 '시간이 약이다'라는 말이 가장 정답에 가까운 것 같다.

남들 하는 대로 플로에 몸을 맡기고 물 흐르듯 살든, 조금은 물살을 거스를지라도 원하는 방향을 향해 나아가든, 누구에게나 시간은 공평하게 흐른다. 학교를 그만둬도, 대학을 안 가도, 결혼하지 않고 혼자 살든, 동성과 결혼을 하든, 외국인과 결혼하든, 국적을 바꾸든, 아이 열 명을 낳든, 한 명도 낳지 않든, 뭘 어떻게 살든지 간에 우리는 똑같이 주어진 시간을 살 뿐이다. 그 한정된 시간 동안 나에게 가장 잘 어울리는 삶을 최선을 다해 사는 것. 아무리 그 역사가 유구하다 한들 가부장제 따위가 내 삶보다 중요할 리 없다.

페미니즘이라는
빨   간   약

앞서 얘기했듯이 나는 아주 오랫동안 가부장제에 순응하며 살아온 80년대생이다. 아버지의 노동으로 성장했고, 종종 오빠들이 사주는 밥을 먹으며 이십 대 시절을 보냈다. 게다가 결혼식 땐 주도권이 아버지에게서 오빠로 넘겨지듯 손을 옮겨 잡으며 상징적인 예식까지 거행했으니 요즘의 어린 자매들이 '가부장제의 부역자'라며 손가락질한다 해도 할 말이 없다.

그동안 살아오면서 뭔가 이상하다, 불편하다, 무섭다, 억울하다…… 라고 느낀 장면들이 있었으나 온 세상이 나에게 이렇게 말하는 것 같았다. 예민하게 굴지 마. 그냥 잊어. 아무

것도 아니야. 심지어 어린 시절 겪었던 성추행까지도 여자이기 때문에 감당해야 하는 당연한 일로 묻어야 했다. 그게 아무것도 아닌 거면, 내가 이렇게 괴롭고 힘든 이유는 결국 '내 탓'이 되어버리고 만다. 내가 여자이기 때문에, 내가 나이기 때문에.

나는 전형적인 가부장제 가정 안에서 자라온 탓에 주변에는 내게 선명한 해답을 보여줄 그 어떤 것도 없었다. 저게 아니란 건 알겠는데, 그렇다면 대체 어떤 삶을 살아야 한단 말이야? 어린 시절 미친 듯이 책을 파고들었던 이유가 그것이었던 것 같다. 여기 아닌 어딘가 다른 삶이 기다리고 있을 거야. 이게 전부는 아닐 거야.

어른이 되고 나서부터는 운신의 폭이 좀 더 넓어졌다. 다양한 배경과 환경에서 성장한 친구들을 만나며 조금씩 내 생각이 맞았음을 확신하기 시작했다. 그래, 내가 보고 배운 게 정답은 아니었어. 난 분명 다른 삶을 살 수 있을 거야. 미친 듯이 다른 세상을 탐색해나가기 시작했다. 여기 아닌 어딘가, 내가 있어야 할 곳이 어딘가에 있을 거야. 스무 살 적 인도 배낭여행으로 시작해 동남아시아, 유럽, 남미까지 여행 중독에 가깝다 할 정도로 많은 여행을 다녔다. 어디에서 사는가는 별로 중요한 것이 아니었다. 보기엔 완전히 다른 세상 같지만 그 속내를 들여다보면 결국 사람 사는 건 거기서 거기였다. 얼굴에 진흙을 칠하고 맨발로 짐을 나르는 미얀마의 가난한 청년이든, 긴 모자를 쓰고 영국 여왕을 호위하는 런던의 근위병이든, 더러운 갠지스강에서 평생 빨래만 해야 하는 불가촉천민이든, 티티카카호수의 아름다운 섬에서 평생을 살아가는 양치기 소년이든 그 모두의 삶은 적절한 비율의 기쁨과 슬픔, 고통과 희열을 품고 있었다. 우리와 똑같았다.

그러던 중에 본 뉴스는 그만 벼락같이 내 영혼을 내리쳤다.

"볼리비아서 사십 대 한국 여성 시신 발견…… 사인은 자상으로 확인"

하루에도 셀 수 없이 많은 끔찍한 일이 벌어지고, 약한 여자와 아이들이 아까운 목숨을 잃어가는 세상 아닌가. 그 뉴스도 수많은 사건들 중 하나로 스쳐 지나가는 단신에 불과했다. 홀로 여행하던 사십 대 한국 여성이 성폭행당하고 살해당한 그곳이 내가 지구상에서 가장 사랑하는 곳, 티티카카호수의 '태양의 섬'이 아니었다면 말이다.

뉴스 포털의 댓글은 읽지 않아도 어떤 내용일지 너무나도 예상이 되는 것으로 도배되고 있었다. 이걸로는 부족해. 구글에 스페인어로 검색을 해서 출처 뉴스를 찾았다. 세상에, 볼리비아 뉴스에는 그 여성의 여권이 고스란히 스캔되어 떠 있었다. 이름, 생년월일, 여권번호까지 전부 다. 나와 얼마 차이 나지 않는 나이, 서울 어디선가 만났다면 금세 언니~ 하고 친해졌을 것 같은 친근한 이름, 그리고 나와 너무나도 닮은 얼굴까지.

그 얼굴을 보는 순간, 그러니까 흐릿한 사진 속의 그와 눈이 마주친 순간, 내 눈에선 미친 듯이 눈물이 흘러내렸다. 한참을 꺽꺽거리며 소리 내어 울었다. 모르는 사람의 죽음일 뿐인데 내 안의 한 부분이 살해당한 듯한 참담함이 들었다면 심한 과장일까. 눈물의 이유는, 불의의 사고를 당한 그에 대한 애도의 마음이 가장 컸을 것이나 그 안쪽, 숨겨진 감정은 그래, 두려움이었다.

당신이 죽고, 내가 살았군요. 당신처럼 내가 죽을 수도 있었는데……. 아니, 언제 살해당해도 이렇게 한 줄로 정리되고 말 그런 세상에 살고 있군요.

여자의 삶에서 자신이 피식자(被食者)에 불과함을 깨닫게 되는 순간의 명징함과 충격이란. 문명인의 교양에 기대고, 현대 사법체계의 테두리 안에서 보호받다가, 아주 잠깐 그 경계에 섰을 때 우리는 그저 행운을 바라는 것 외엔 할 수 있는 게 없다는 걸 알게 된다.

아홉 살 때 날 성추행했던 놈의 칼에 난 최소한의 반항도 못하고 그 자리에서 죽을 수도 있었다. 집으로 돌아오는 길, 인적 드문 골목길에서 쥐도 새도 모르게 험한 일을 당할 수도 있었다. 사람 없는 곳에 안 가면 되지 않느냐고? 강남역 번화가에서, 조명 밝은 학원가 한복판에서, 내 돈 주고 타는 택시 안에서, 심지어 집 안에서도 여자들은 끊임없이 성폭행당하고 살해당해왔다. 피할 수 있는 곳이 없다. 내가 세상에서 가장 아름답고 평화로운 곳이라 칭송했던 태양의 섬마저도.

한참을 울다가 다시 인터넷 창을 열었다. "남미를 혼자 가다니 미쳤네. 간이 배 밖으로 나왔냐." "우리나라보다 안전한 나라는 없다. 혼자 여행 다니는 사람일수록 안전불감증." "남미 가려면 강간당할 각오하고 가야 함. 강간 반항하면 살해당함." 구역질이 치밀어 올랐다. 살인을 저지른 악당에 대한 분노가 아니라 피해자에 대한 훈계와 비난으로 가득했다.

불현듯 깨달았다. 내가 살면서 느껴온 위화감의 근원. 왜 그렇게 온 세상이 불편하고, 억울하고, 무서웠는지 말이다. 그런데 어째서 사람들은 이 부조리함에 대해 아무렇지 않게 받아들이는 거지? 딸이 동네에서 성추행을 당하고 들어와도 부모란 사람들은 남이 알까 두려워 찍 소리도 못하고, 오히려 처신을 잘못했다 탓하는 게 정상이야? 심지어 살해를 당해도 죽은 사람 잘못이 되는, 이런 세상을 정상이라고 말할 수 있어?

"자기는 무서워하지 마. 이제 그런 데 혼자 가게 하지 않을 거야. 내가 지킬 거니까."

그날 하루 동안 느낀 나의 분노와 슬픔에 대해 털어놓자, 다정한 내 남편은 이런 대답으로 돌려주었다. 하아, 대체 어디서부터 잘못된 거지……. 절망감은 지구 크기만큼 커져서 나의 영혼을 납작하게 짓눌렀다.

나는 그날 이후부터 페미니즘 책들을 찾아 읽기 시작했다. 매트릭스의 네오처럼, 나는 빨간 약을 선택했다. 이제는 이전으로 돌아갈 수 없다.

2부

조금씩 천천히
페미니스트 되기

결혼한 여자가
페미니스트가
되어야 하는 이유

스테퍼니 스탈
《빨래하는 페미니즘》을 읽고

　　오랜만에 중학교 때 친구들을 만났다. 열여섯 살이었던 우리는 스스로를 '삼총사'라 부르며 일상의 모든 것을 함께 했다. 하나의 일기장을 돌려가며 쓰고, 다가오지 않은 미래를 다 같이 상상했다. 그렇게 이십 년이 훌쩍 지난 후, 그 소녀들이 꿈꾸던 미래는 과연 우리의 오늘이 되었을까.

　　우리는 모두 결혼했고, 나를 제외한 두 친구는 아이를 하나씩 낳았다. 한 친구는 전업주부, 다른 한 친구는 구청 공무원 일을 병행하는 워킹맘으로 살아가고 있다. 대화는 주로 남편과 시가 험담과 육아의 고단함으로 흘러갔다. 조금 늙었을 뿐, 어릴 때와 똑같은 얼굴을 한 우리였지만, 나누는 대화는 완전히 달라졌다. 열여섯 살의 우리는 서른여덟 살의 우리를 어떻게 바라볼까, 문득 그런 생각이 들었다.

수많은 유부녀들의 대화에서 빠지지 않는 공통분모의 이야깃거리는 남편과 시집의 험담이다. 많은 여자들이 스스로 선택한 결혼생활에 대해 '불만족'을 기본 전제로 이야기를 풀어가는데 사실 이건 분명한 현실이기도 하다. 그러나 친구들과의 대화에서 내가 약간의 답답함을 느꼈던 것은 그들의 불만과 성토가 결코 개선이나 변화 의지를 품고 있지 않았다는 데 있었다. 습관적인 하소연과 영혼 없는 동조는 마치 뫼비우스의 띠 같아서 우리 스스로를 패배자처럼 느끼게 만들었다.

《빨래하는 페미니즘》의 저자 스테퍼니 스탈은 과감하게 띠를 끊어버렸다. 결혼생활과 육아, 집안일로 점철된 고된 일상 속에서 그는 갑작스런 결심을 하게 된다. 학부 때 배웠던 페미니즘 고전 수업을 다시 청강하러 모교에 돌아가기로. 24시간이 모자란 워킹맘의 시간을 살면서 그런 결정을 내린다는 게 얼마나 혁명적인 행동력인지 여자라면 누구나 알 것이다. 실제로 이 년 동안 모든 수업을 청강하고, 그 이야기와 자신의 결혼생활 이야기를 버무려서 쓴 책이 바로 《빨래하는 페미니즘》이다. 개인적으로 원제인 'Reading Woman'(책 읽는 여자)이 더 나았다고 보는데, 한 사람이 새로운 세계의 문을 열고 한 단계 성장하는 데는 여러 가지 방법이 있지만, 역시 가장 클래식한 방법은 독서인 셈이니까.

스테퍼니 스탈은 자신이 처한 현실에서 페미니즘을 적극적으로 발견하고 이를 통해 삶을 바꿨다. 아이에게 좋은 환경을 제공하기 위해 선택한 교외 지역의 이층짜리 저택을 버리고 다시 뉴욕의 작은 아파트로 돌아왔다. 위에 얘기한 것처럼 일과 육아를 병행하면서도 페미니즘 고전 강의 청강을 위해 이 년 동안이나 왕복 네다섯 시간 거리의 대학을 오갔다. 엉망이 된 남편과의 관계를 개선하기 위해 상담을 받고 많은 노력을 기울였다. 물론 이것만으로도 그녀의 삶은 엄청난 변화를 맞이한 거라 볼 수 있다. 그러나 역시 내가 가장 감명 받은 구절은 이거였다.

"이제 나는 한때 나였던 여자아이와 오늘날 나인 여자가 동일선상의 점이라는 걸 안다. 그녀가 나이며 내가 그녀다. 우리는 함께 다른 인생이 만들어놓은 지도를 참조해 우리의 발자국을 앞뒤로 더듬으며 계속해서 현재의 우리를 만들 것이다. 여기, 이곳에서." *

이 구절을 읽은 후에야 왜 그가 그토록 처절하게 페미니즘에 매달렸는지 알 것 같았다. 스탈에게는 실비아라는 딸이 있다. 남성에 의해, 남성을 위해 만들어진 이 세상에서 여성은 길을 잃기가 쉽다. 스탈은 그 지도를 페미니즘 고전 속에서 찾았고, 그 길을 찾는 것이 자기 자신뿐만 아니라 우리 다음 세대 여성들을 위해서도 의미 있는 일이라는 걸 알았다. 왜냐하면 우리 모두는 동일선상의 점이기 때문이다.

다시 내 친구들의 이야기로 돌아와서, 스테퍼니 스탈의 경우와 내 친구들의 경우를 비교하는 것은 무리가 있을 것이다. 미국의 고학력 백인 여성. 언론계에서의 경력도 화려하다. 나름의 사회적 위치를 지닌 배운 여성이 갑작스런 결혼과 육아로 인한 경력 단절에 맞닥뜨렸을 때 느낄 충격은 분명 엄청난 것일 테다. 그러나 본질에 있어서는 크게 다르지 않다고 본다.

결혼과 출산, 육아가 너무나도 아무렇지 않게 여자의 짐으로 지워진다는 것. 그것을 직접 겪기 전에는 미처 알아채기가 너무나도 어렵다는 것. 설사 알아챈다 하더라도 다른 선택지를 고르기란 쉽지 않다는 것. 미국의 고학력 여성이든, 한국의 평범한 워킹맘이든, 중동 어느 나라의 히잡을 쓴 여인이든 간에 말이다.

"어쩔 수 없이 저자의 '백인 중산층 여성'이라는 위치성은 눈에 띈다. 이 책은 그들의 교과서임에 분명하고 저자 또한 이 사실을 모르지 않을 것이다. 이 세상에는 현장 local에 따라 수많은 페미니즘이 존재한다는 사실을 이야기하고 싶다."*

서문을 쓴 정희진 교수의 말처럼, 우리도 우리의 페미니즘을 찾아내야 한다. 살면서 느꼈던 크고 작은 위화감, 특정 사안에 대해 불타올랐던 분노, 불평등과 부조리로 인한 좌절감 등을 쉼 없이 공유하고 공론화시켜야 한다.

네 시간 가까이 남편 욕을 해대던 친구들은 돌아갈 시간이 되자 다들 전화로 남편을 불렀다. 차로 데리러 온 남편들은 방금 전까지 오갔던 이야기를 아는지 모르는지 세상에서 제일 사람 좋은 표정을 지었다. 잠시의 외출은 다시 그들에게 힘이 되어줄 것이지만, 삶을 변화시키긴 못할 터였다.

그러나 언젠가는, 내 친구들과 페미니즘에 대한 이야기를 할 날이 올 수 있을까. 아마도.

---

* 스테퍼니 스탈 지음, 고빛샘 옮김, 《빨래하는 페미니즘》, 민음사, 2014.

———

우 리 가 겪 어 낸
사   적   인
백 래 시 에 관 하 여

———

수전 팔루디
《백래시》를 읽고

"이 책은 이십육 년이라는 세월 저편에서 태평양을 넘어 건너왔다는 사실이 믿어지지 않을 정도로 남 일이 아닌 사례들로 가득하다."*

역자의 말처럼 1980년대 미국, 백래시의 장벽에 부딪힌 페미니즘의 역사를 훑은 이 방대한 책이 이 시기 우리나라에 출간되었다는 건 결코 우연이 아닌 듯하다. 아무리 대단한 역작이라 해도 최소한의 수요가 보장되어야 출판할 엄두를 낼 수 있을 테니. 그 수요가 조금씩 늘고 늘어서 이십육 년의 시간이 흐른 뒤에야 이 책이 도착할 수 있게 된 건 행운일까, 불운일까.

백래시Backlash. 우리말로는 '반격'이라 번역되는데 적절한 용어일까 의문이 든다. 반격의 사전적 의미는 '되받아 공격' 하는 것인데 여성의 인권을 위한 움직임을 공격으로 받아들여야 성립하는 것이 아닌가. 물론 주류 남성사회에서는 그리 생각할 수도 있겠다.

1960~70년대 미국 등 서방세계에서 불었던 진보의 바람, 그 선두주자는 페미니스트였다. 참정권을 쟁취하고, 교육받을 권리를 보장받고, 여성을 인형이나 꽃이 아닌 인간으로 대우해달라 소리치던 멋진 언니들의 시대였다. 그 시대가 계속되었다면 우리는 현재 전혀 다른 세상에서 살고 있을 수도 있겠다. 1980년대에 접어들면서 주류사회의 반격이 시작됐다. 무려 800페이지에 달하는 이 방대한 책은 1980년 미국 사회 곳곳에서 진행된 페미니즘에 대한 전방위적인 방해 공작, 반격 행위들에 대해 자세한 수치와 자료를 제시한다.

낙태 문제, 역사, 미디어, 영화, 대중문화, 패션, 뷰티, 정치, 종교, 심리, 직장 등등 엄청나게 다양한 분야의 이야기가 등장하는데 다소 중복적이기도 한 이 좌절의 역사를 읽어내려가는 동안 기운이 빠지고 절망에 가까운 기분이 들었던 게 사실이다. 반전 없는 실패의 역사라니. 게다가 우리나라 꼴을 봐.

2019년 현재 우리나라는 반격의 시대를 살고 있는 걸까? 그렇다면 대체 무엇에 대한 반격이란 말인가. 우리나라에서 여성들이 득세했던 시절이 있기나 한가. "내 인생은 나의 것!"을 외치며 산소 같은 여자 이영애가 커리어우먼 복장에 붉은색 립스틱을 바르던 90년대? 된장녀, 김치녀가 처음 등장하기 시작한 2000년대?

내 기억에 여성혐오가 피부로 와 닿기 시작한 건 2000년 대에 들어와서였던 것 같다. 대학교 때 사귀던 남자친구가 "우리가 군대에서 고생할 동안 너희 여자들은 편하게 먹고 놀았잖아"류의 얘길 한 적이 있다. 뭔가 억울하면서도 할 말이 없었는데 그 감정의 정체를 당시엔 정확하게 파악하지 못했던 게 사실이다(그놈을 왜 좀 더 일찍 차버리지 못했던가가 천추의 한으로 남아 있지만 한편으론 안전한 이별을 해서 다행이라는 생각도 든다).

그런 식의 사적인 백래시는 수도 없이 자잘하게 벌어져서 여성들을 옴짝달싹하지 못하게 만든다. 나의 어머니는 전형적인 가부장제의 희생양으로 평생을 살아왔기 때문에 내가 기억하는 한 늘 수동적이고 무기력하고 눈치만 보는 모습이었다. 딱 한 번, 엄마가 활기차 보였던 순간은 부천에 빨래방을 개업해서 운영할 때였다. 그때가 1990년대 초반이었나 그랬다. 학교가 끝나고 가끔 빨래방에 놀러가면 엄마가 군것질

거리도 사주고, 거기 놓인 잡지책도 읽을 수 있어서 즐거웠다. 무엇보다 좋았던 건 현금을 세는 엄마의 밝은 표정이었다. 집에서는 늘 말없고 우울하던 엄마가 손님을 맞을 때는 목소리도 또렷해지고 표정도 훨씬 밝아졌다. 그 간극이 어린 시절의 나에게도 조금 이채롭다 여겨졌는데, 아버지는 매우 못마땅해했다. 가정경제를 위해 빨래방 개업을 추진한 건 아버지도 마찬가지였는데, 늘 빨래방 일을 폄하하는 말을 했다. 장사 일은 수입이 들쑥날쑥이라 불안정하다는 거였다. 할머니는 여기저기가 지저분하다며 흠을 잡기까지 했다.

문제는 빨래방이 점점 잘되어 엄마의 한 달 수익이 아버지의 월급을 넘어설 때 터졌다. 당시 직장 문제로 골치 아파하던 아버지에게 엄마가 무심코 건넨 말이 도화선이 되었다. "당신이 그렇게 힘들면 일 그만둬. 내가 벌게."

내가 듣기에는 가정경제의 무거운 짐을 나눠 지겠다는 아내의 갸륵한 배려에 가까운 말이었으나(맞벌이였음에도 매일 아침 식사와 아버지의 저녁식사는 엄마 몫이었다) 한국 가부장의 화신이나 다름없는 아버지에게는 '감히 가부장의 권력에 도전하려는 주제넘은 만행'으로 여겨진 모양이었다. 미친 듯이 화를 내던 아버지는 급기야 "그딴 소리 할 거면 빨래방이고 뭐고 다 집어치워!"로 귀결되었고, 엄마는 눈물을 보이며 잘못을 빌어야 했다. 아버지가 당시 느꼈던 모욕감에 대해 지금도 가끔 애기하는 걸 보면 생계 부양 문제는 가부장 권력의 핵심이자 필요충분조건이었던 것 같다.

이와 같은 사적인 백래시는 근래의 일이 아니다. 여성이 자신의 목소리를 내는 순간, 심장 깊은 곳에 있는 자신의 욕구를 발견하고 이를 표현하는 순간, 사방에서 공격이 날아온다. 이를 억누르고 포기하면 공격이 잦아드니, 그제야 평화를 찾은 듯한 기분이 들 수 있다. 우리 엄마의 선택처럼. 엄마는 순응하기를 택했다. 싸우는 게 싫다고 했다. 그 결과 엄마는 여전히 시어머니를 모시고, 아버지에게 휘둘리며 원치 않은 시골까지 내려가 살고 있다. 고된 집안일과 농사일로 몸이 망가져가며.

백래시의 장벽을 무너뜨리지 않으면 여성은 결코 행복할 수 없다. 아니, 인간은 절대 행복할 수 없다.

수많은 시도에도 불구하고 미국의 똑똑한 여성들이 백래시의 장벽을 넘지 못했던 것은 왜일까. 작가는 세 가지 요소의 결합을 이야기한다. 단도직입적인 의제와 대중행동, 완전한 물리적 저항. 1920년대 있었던 서프러제트Suffragette(여성 참정권 운동)처럼 말이다. 여성 모두가 같은 날 같은 시간에 힘을 모으면 장벽을 넘을 수 있을 것이라고 말한다.

그것이 얼마나 어려운 일인지 나는 상상조차 할 수가 없다.《백래시》속에서도, 그리고 내가 살고 있는 2019년의 한국에서도 여성은 남성의 직업을 빼앗는다는 이유로, 짧은 치마를 입었단 이유로, 남자보다 잘나간다는 이유로, 감히 가부장제에 반기를 든다는 이유로, 말 못할 차별을 당하고, 폭행을 당하고, 모욕당하고, 심지어 살해당하기까지 한다. 반대로 이야기하면 우리 삶 곳곳에서 맞닥뜨리게 되는 수많은 사적인 백래시에 맨몸으로 부딪힌 우리 자매들의 처참한 현실인 셈이다. 수전 팔루디는 말한다.

"벽에 부딪혔어도 앞으로 나아가는 것 말고는 선택의 여지가 없었다. 반격의 벽에 부딪히다가 온몸에 멍이 들고 실의에 빠지더라도 여성들은 각자의 방식으로 고집스럽게 벽과 맞섰다." •

장벽 안에 있는 우리는 모두 다르다. 어떤 이는 장벽 없는 삶을 꿈꾸며 노래를 하거나 글을 쓰고, 어떤 이는 장벽에 의미 없는 낙서를 해대고, 어떤 이는 온힘을 다해 부딪쳐 스스로 상처 입고는 멀쩡한 다른 자매를 향해 삿대질을 해댄다.

우리는 하나가 아니다. 우리 모두 각자가 객체로 존재한다. 수전 팔루디의 제언대로 한마음, 한뜻, 하나의 시간에 힘을 모으는 일은 영원히 요원한 일일지 모른다. 다만 잊지는 말자. 우리는 모두 장벽 안에 갇혀 있는 같은 처지라는 것. 우리 모두 장벽을 무너뜨리기 위해 각자의 방법으로 주어진 삶을 살아내는 자매들이라는 것. 나아가 장벽을 보지 못하는 어두운 자매들에게 "저기 장벽이 있어"라고 알려주는 몫까지도 필요하다면 그건 좀 욕심일까.

• 수전 팔루디 지음, 황성원 옮김, 《백래시》, 아르테, 2017.

강준만
《오빠가 허락한 페미니즘》을 읽고

　지독한 가부장제의 모순을 보고 자란 입장에서 결혼에 대한 부정적인 인식을 갖게 된 것은 아주 자연스러운 결과였다. 그러나 하나 간과한 것이 있었다. 가부장제의 거대하고도 집요한 뿌리는 미처 깨닫지 못한 사이 내 DNA 곳곳에 침투하여 나라는 존재를 구성하고 있음을. 그것은 책으로 공부하거나 학교에서 배운 것보다 훨씬 더 강력하게 내 삶의 태도와 사고방식, 성격을 장악하고 있었다. 물론 당시에는 그것을 몰랐다. 왜냐하면 어른이 되어 만난 사회는 몸에 맞는 옷처럼 아주 편안했으니까.

　나의 타고난 성격과는 별개로, 나이 많은 사람이나 남성

앞에서 어린 여자가 어떻게 처신하면 되는지 나는 이미 알고 있었다. 마음속으로는 혐오를 금치 못하면서도 겉으로는 아무렇지 않은 척 견디는 법을 이미 알고 있었다. 나보다 나이 많은 남자를 '오빠'라고 부르는 것에도 그리 거부감을 느끼지 않았다. 살면서 한 번도 진짜 오빠를 가져본 적이 없음에도 그랬다.

연애는 쉬웠다. 내 주변의 '오빠'들은 모두 나의 환심을 사기 위해 안달하고 있었으니까(여기서 '오빠'는 은유적인 의미다. 내 첫 연애 상대였던 동갑내기 그 녀석도 내게 오빠 행세를 하곤 했다). 허튼수작이 눈에 보여도 내색하지 않고 적당히 받아주기. 누군가는 그걸 밀당이라고도 하고 혹은 어장관리라고도 하지만, 지금 생각해보면 가부장제 속에서 저절로 체화된 여자의 처세술에 더 가까울 것 같다.

그러나 연애는 행복하지 않았다. 내게 무한대로 친절한 것 같았던 오빠들은 내가 자기 마음대로 되지 않는다는 사실을 알게 되자 태도가 변했다. 괴로워하거나 당황스러워하거나 화를 내고 윽박지르거나. 무수한 데이트를 했지만 즐거웠던 적은 손에 꼽을 정도로 적었다. 대화 자체가 힘들었다. 내 얘기를 제대로 듣고 있는 건지, 진짜 나에 대해 관심이 있기나

한 건지. 사소한 말과 행동에 이상한 방식으로 반응하기도 하고. 원래 남자들은 이렇게 말이 안 통하는 존재들인가. 지루하거나 한심하거나 무섭거나, 셋 중 하나였다. 그렇게 괴로워하면서도 계속해서 남자를 만났던 이유는 무엇이었을까. 오빠들의 데이트 요청을 거절하지 못했던 건 혹시나, 하는 기대감? 근원을 알 수 없는 압박감?

《오빠가 허락한 페미니즘》의 저자 강준만 교수는 이렇게 말한다.

"자신과 직접적인 관련이 없는데도 몸에 새겨진 가부장적 DNA로 인해 부지불식간에 반페미니즘 본능을 드러내기도 하는 본능주의적 오빠들이 있다." *

이 책을 읽으며 나도 모르게 그동안 만났던 수많은 '오빠들'을 떠올린 것은 자연스러운 수순이었다. 물론 당시 순응주의자였던 내가 오빠들의 사랑을 자양분 삼아 아주 편안한 학교생활과 사회생활을 했던 사실 또한 부정할 수 없다(실제로 밥도 자주 얻어먹었으므로 어느 모로든 자양분이 된 건 맞다).

그 와중에 '결혼은 하고 싶지 않다'는 생각이 떠나지 않았던 것은 한국 남자들의 이해할 수 없는 공통분모와 한국에서 여성의 삶이 얼마나 불평등한지 이미 잘 알고 있었기 때문일 것이다. 문제는 앞서 말했듯 내 DNA에 뿌리 깊이 박혀 있는 가부장제의 잔재들. 아빠 없으면 오빠라도 있어야 한국 사회에서 그나마 편하고 안정적으로 살 수 있다는 걸 본능적으로 알고 있었던 걸지도 모른다.

《오빠가 허락한 페미니즘》은 1990년대부터 2018년 작년까지 이르는 한국 페미니즘의 역사를 중계하듯이 서술한 책이다. 한국 페미니즘의 역사라고 해봤자 삼십 년이 채 안 되는데 그 시기는 딱 나의 십 대 시절부터 삼십 대인 현재에 이르는 인생사를 관통하고 있다. 책에 열거한 수많은 사건, 사고, 뉴스들―된장녀, 호주제 폐지, 고려대 의대생 성추행 사건, 강남역 살인 사건, 메갈리아의 등장, 정치문화계에 쏟아진 일련의 미투 선언들―, 한때 나를 분노하게 했었던 수많은 사건들을 다시 요약본으로 되새기자니 두통이 밀려왔다. 한편으로는 이런 생각도 했다. 우리 사회도 몸살을 앓고 싸워가면서 조금씩 성장해가고 있구나. 이렇게 내가, 그리고 한국 여성들이 페미니스트가 된 건 필연적이었구나.

내가 지금의 남편과 결혼을 결심한 건 조신한 남자였기 때문이다. 친구들에게도 자랑삼아 얘기하곤 했다. "있는 그대로의 나를 사랑하는 사람이야. 내가 무엇을 하든, 어떤 것을 좋아하든 존중해주거든. 돈을 많이 버는 것보다 나를 자유롭게 하는 사람이 좋아."

그러나 이 책을 읽고 나서 아프지만 인정해야 했다. 나는 아직 오빠가 허락한 페미니즘 안에 머물고 있다는 걸. 지금의 남편을 처음 사귈 때 이런 부탁을 한 적이 있다.

"무슨 일이 생겨도 절대 나한테 화내지 마."

아무리 화가 나도 화내지 말라고, 언성도 높이지 말라고 신신당부를 했다. 남편을 보며 아버지를 떠올리고 싶지 않았다. 내 곁에 있는 사람이 나를 위협하는 존재가 될 수도 있다는 걸 받아들이고 싶지 않았다. 그래서 그 부탁을 부디 지켜주기를 바랐고, 실제로 남편은 차라리 잠시 집을 나갈망정 내게 소리를 높인 적은 없다.

솔직한 마음을 고백한다면, 그래서 나는 다행이라고 생각했다. 남편이 필요했으므로, 떠나고 싶지 않았으므로. 결국 나는 아빠가 가부장이었던 가혹한 세계를 탈출하기 위해 '오빠'를 선택한 가부장제의 부역자가 맞는 걸지도 모른다.

"일련의 사건들을 보며 분노하고, 이를 규탄하는 글을 써서 올리고, 본격적으로 여성학을 공부하겠다 선언하고, 서점에서 페미니즘 책들을 어마어마하게 사들이는 나를, 오빠는 귀엽게 본다. '자기가 하고 싶은 것 다해'라며 응원한다고 말한다. 그리고 나는 그런 오빠를 보며 좋은 사람이라고 생각한다. 오빠가 허락해줬으니 안심이야."

책을 읽으며 끓어오른 분노는 방향을 잡지 못한 채 이리저리 방황하다가 이렇게 또 나에게로 향했다. 나는 과연 페미니스트가 될 수 있을까.

• 강준만 지음, 《오빠가 허락한 페미니즘》, 인물과사상사, 2018.

몸과 허기와 고백,
이 세 개의 명사가 주는
용   기

록산 게이
《헝거》를 읽고

　몸과 허기에 대한 고백. 마음에 와 닿는 부제였다. 몸, 허기, 고백. 이 세 개의 명사 모두가 나름의 의미로 강력하게 솟구쳐 오르는 느낌이랄까. 그 부제만큼이나 이 에세이집은 내밀하고, 용감하고, 어둡고, 충격적이었다. 기대하고 예상했던 것보다 강력했던 이 외국인의 글을 나는 숨을 쉬고 있다는 것도 잊은 채 읽어나갔다. 다 읽을 때까지 책에서 손을 뗄 수 없었고, 마지막 장을 넘기며 그것은 내게도 꽤 심오한 의미를 지니는 단어들임을 깨달았다. 그럼 여기서 내 마음을 흔들었던 세 개의 명사를 찬찬히 들여다보기로 하자.

몸

이 책을 만나기 전 내가 록산 게이에 대해 아는 바는 《나쁜 페미니스트》의 저자, 미국인, 뭐 그 정도였다. 책 정보란을 읽으면서야 비로소 그가 특별한 유명인사가 될 수 있었던 이유 중 큰 부분이 바로 '몸'이었음을 알게 됐다. 190센티미터의 키, 260킬로그램의 몸무게. 이 두 개의 수치만으로도 설명되는 정체성이란 대체 무엇일까. 숫자만으로도 상상되는, 수치심으로 얼룩진 과거란 어떤 것일까. 책을 읽기 시작할 때 이 숫자만으로도 어떤 여성 독자는 작가를 타자화하고, 또 어떤 이는 동병상련을 느낄지도 모른다.

사람들은 저마다 다른 몸을 가지고 있고, 그 다름을 인정해야 한다는 명제는 집어치우자. 우리는 진실을 알고 있지 않은가. 정답은 이미 정해져 있다는 것을. 정답에서 멀어진 몸은 그야말로 '틀린 몸'이 된다. 그리고 틀린 몸을 가진 이는 죄인이나 다름이 없다. 작은 죄인이냐 대역 죄인이냐의 차이일 뿐.

물론 록산 게이는 면죄부를 가지고 있다. 어렸을 적 짝사랑하는 남자아이와 친구들로부터 당한 끔찍한 윤간. 그 묘사는 너무도 사실적이고 담담해서 잔인했다. 눈물조차 나지 않는 끔찍함이라니. 그러나 정말 끔찍한 시간은 그 일이 일어난 이후부터 시작된다는 것을 나도 안다. 그녀는 상처로부터 멀어지기 위해, 거대해지고 거대해져서 자신을 안전하게 지키기 위해 끊임없이 먹어댔다. 그렇게 100킬로그램이 넘고, 200킬로그램를 훌쩍 넘길 때까지. 고개를 끄덕일 만한 트라우마다. 그러나 그걸 어찌 면죄부라 말할 수 있을까.

있는 그대로의 자신을 받아들이고, 거구의 멋진 커리어우먼으로 살아가는 걸로 끝맺었다면 이 책은 자기계발서가 되었을 것이고, 과거의 상처를 극복하고 다이어트에 상큼하게 성공했다면 그건 픽션일 것이다. 록산 게이는 여전히 뚱뚱하고, 자기 몸을 좋아하지 못하고, 다이어트에 집착하며 괴로워하는 삶을 살고 있다. 하나 다른 건, 그걸 포장하지 않고 그대로 적어냄으로써 이 훌륭한 역작을 만들어냈다는 것.

이 멋진 에세이를 읽은 답례로 나도 솔직하게 내 몸에 대한 고백을 해볼까 한다. 나의 트라우마는 가슴에 있었다. 아주 오랫동안 내 가슴을 지독하게 미워했다. 남들보다 조금 성장이 빨랐을 뿐인데, 그게 그렇게 수치스러웠다. 그 이유를 말하려니 너무 뻔하게 연결되는 것 같아 민망하긴 하다. 나는 열 살 이전에 상당히 심한 수위의 성추행을 당한 적이 있었고, 그로 인해 십 대 내내 트라우마를 극복하지 못해 괴로워했다. 그 이후에도 크고 작은 성추행이 이어졌는데, 어째서인지 그게 내 가슴 때문이라고 생각했다. 이 말인즉슨, '내가 여자만 아니었더라면!'이란 의미 없는 한탄과 다를 바가 없다. 지독한 자기 환멸이다. 일부러 굶고, 거울을 보며 모진 말을 하고, 끊임없이 환멸을 느끼는 대상은 바로 몸, 우리 자신이다. 록산 게이처럼, 아니 세상의 모든 여자들은 그렇게 스스로를 증오하고 혐오하는 자기 자신과 싸우며 성장한다.

있는 그대로의 자기 자신을 사랑하라는 말은 못하겠다. 록산 게이도 그 경지까진 가지 못했다. 그러나 찬찬히 들여다보고 받아들이는 단계는 우리가 생을 끝내기 전에 마쳐야 할 숙제 같은 거라는 생각이 든다. 나도 현재진행형이다.

허기

이성을 마비시킬 정도의 지독한 허기, 미친 듯이 먹어대고 죄책감에 토하고, 또 먹고, 소위 거식증이라 말하는 식이장애에 대해서는 알고 있다. 다이어트에 병적으로 집착하는, 많은 여성들이 고통 받는 질병이기도 하다. 록산 게이도 다르지 않다.

솔직히 이에 대해서 나는 경험해본 적이 없기에 할 말이 없다. 배가 부르면 아무리 맛있는 게 눈앞에 있어도 숟가락을 놓는 타입이다. 평소보다 과식하면, 뱃속이 더부룩해 다음 끼니는 아예 걸러야 하는 몸뚱이다. 일정한 시간마다 배가 고프고, 그때마다 대충 아무거나 넣어주기만 하면 되는 정직한 식습관의 소유자이기도 하다. 쓰다 보니 문득 이런 생각이 든다. 십 대 시절, 내가 상처에 매몰되지 않고 평범한 일상에 편입될 수 있었던 건, 허기를 제대로 느낄 새가 없었기 때문이 아니었던가.

풍요로운 가정환경이 아니었던 것은 분명하지만, 딱히 결핍된 것도 없는 환경이었다. 서열이 분명한 가부장적인 가족이었다. 아버지가 정한 시간에 기상해, 어머니가 차려준 밥을 먹고, 가장 서열이 낮은 내가 설거지를 했다. 식간에는 과일을 깎아 먹고, 때마다 떡도 하고, 식혜도 만들어 먹었다. 과자 같은 게 집에 들어와도 어른들에게 먼저 드리고서야 맛이라도 볼 수 있었는데 그게 귀찮아서 군것질을 하지 않았다. 일 년에 여덟 번 있는 제사 때마다 늘 전을 부쳤고, 명절에는 만두를 천 개씩 빚어 먹었다. 단호하게 말하지만, 아재들처럼 '어린 시절 어머니가 해준 추억의 음식이 그립다'는 류의 이야기를 하려는 게 아니다. 그들은 해놓은 걸 먹기만 했으니 그딴 소릴 지껄일 수 있는 거다. 음식을 하기 위해 준비하는 것, 만드는 것, 치우는 것, 평가당하는 것 모두 얼마나 기분 더럽고 귀찮은 일인지.

그런데 의무적으로 때마다 뭔가를 먹고 치우고, 그 기분 더럽고 귀찮았던 '가족적인' 이벤트들이 나를 구원한 셈이 되었으니 참 아이러니다. 배가 부른데 의무적으로 먹어치워야 하는 현실이 성가시긴 했으나 적어도 배고플 새는 없었으니. 번잡스럽고 귀찮기는 했지만 허기를 느낄 새가 없었다는 얘기다. 그리고 정신을 차려보니 그렇게 반강제적으로 주입된 수천 번의 끼니들로 내가 성장했다. 뼈가 자라고 살이 붙었다. 어른이 됐다. 강해졌다. 상처가 아물 만큼.

록산 게이가 성장기에 가족과 떨어져 지내지 않았다면, 그러니까 "이것만 먹고 나가라", "편식하지 마라"는 잔소리를 듣고, 불편하고 귀찮지만 정해진 식사시간에 식사를 해야 했다면 조금은 다른 몸을 가지게 되었을까. 무의미한 가정이지만 그냥 그랬을 것 같다.

고백

《헝거》를 높이 평가하는 이유. 세상에 이렇게 멋진 고백록은 마이클 길모어의 《내 심장을 향해 쏴라》 이후 본 적이 없다. 남의 아픈 기억을 멋지다고 표현하는 것이 좀 미안하긴 하지만, 독자로서 그렇게 느낀 걸 어쩌나. 진짜 멋진 여자다.

짱이다. 언니~ 사랑해요, 외치며 환호라도 하고 싶다.

"아프면 저절로 신음소리가 나온다. 그러나 그것이 다 '말' 이 되지는 않는다."

여성학자 정희진 교수의 말이다. 고개가 끄덕여진다. 아픔 과 상처에 점수를 매길 수는 없지만 그가 겪은 일이 엄청나게 특별하다고는 생각하지 않는다. 사람들은 모두 저마다의 상 처와 아픔을 지니고 산다. 여전히 허덕이기도 하고, 망각하기 도 하고, 씩씩하게 극복하기도 하고 저마다의 몫이겠지만 다 들 그렇게 사는 것 아니겠는가. 그러나 그 아픔을 고도의 지 성과 극강의 성실성으로 버무려 하나의 고백록으로 세상에 내놓는다는 건 전혀 다른 경지의 얘기다.

가슴속 깊은 곳에 품었던 개인적 상처가 보편적인 것이 될 때 느끼는 안도감은 엄청난 치유 효과를 발휘한다. 《헝거》와 같은 글이 그런 역할을 한다. 록산 게이는 자신의 과거와 상 처를 글로도 쓰고 강연도 하고 연구도 하는 사람이다. 책에는 여전히 힘들고 고통스러워하고 있다고 썼지만, 분명 그 과정 에서 그녀는 엄청난 성장과 깨달음을 얻었을 것이다. 더 행복 한 사람이 되었을지는 모르겠지만 분명 더 나은 사람이 되었 을 것이다.

그런 의미에서 이러한 지적인 고백은 자기 자신에게도, 그리고 이웃에게도 분명 유의미하다. 두려움과 장벽을 극복하고, 자신의 상처를 당당히 내놓은 세상의 모든 용감한 여자들에게 존경과 찬사를 보낸다.

지금이 아닌 언젠가,
여기가 아닌 어딘가

조안나 러스 외
《혁명하는 여자들》을 읽고

조금만 생각해보면 SF와 페미니즘처럼 잘 어울리는 조합도 없다. SF페미니즘소설 선집이란 얘길 듣고 잠깐 갸웃했던 것이 우스울 만큼. "사회적 약자로서 '지금이 아닌 언젠가, 여기가 아닌 어딘가'를 꿈꾸는 여성들의 상상과 고민은 쉽게 SF소설로 다다른다"[*]는 역자의 말에 이내 고개를 끄덕인 이유다.

《혁명하는 여자들》Sisters of the Revolution은 1960년대부터 최근에 이르기까지 세계 SF소설계에 페미니즘 바람을 불어넣은 영향력 있는 단편소설들을 추린 모음집이다. 어느 날 갑자기 행성이 되어버린 인도인 아내, 애완견의 운명을 선택한 늑대 여자, 생식 문제까지 해결하고 여자들만의 세상을 일궈 살아가고 있는 근미래 이야기, 문을 열 때마다 다른 차원의 세상으로 이동해 살인과 기상천외한 짓을 일삼는 (겉보기엔) 평범한 아줌마, 태아의 성별을 인위적으로 선택할 수 있게 된 이후 더욱 억압받고 씨가 말라버린 여자들의 이야기, 아문센보다 먼저 남극 탐험에 성공했지만 자신의 이름을 역사에서 지워버린 여자 탐험가들……. 대단한 상상력이고, 재미있게 술술 읽히는 이야기들이다.

그런데 대부분 비관적인 세계관이어서일까. 책을 읽는 내내 뭔가 답답한 마음을 떨칠 수가 없었다. 걸출한 작가님들이 모두 나름 뜻이 있고 의도가 있어 이런 이야기들을 세상에 내놓았겠지만 솔직히 속마음은 이랬다. '왜 여자들은 상상 속에서조차 이렇게 억압받고 비참해지고 마는 거야.'

그래, 나도 안다. 지금이 아닌 언젠가, 여기가 아닌 어딘가를 상상한다고 해도 결국은 지금, 여기가 기준이 될 수밖에 없고, 단순한 미러링은 허망할 수밖에 없다는 것. 《이갈리아의 딸들》이 그런 경우라 하겠다. 읽을 때는 통쾌하고 웃긴데, 책을 덮고 나서는 가슴이 갑갑했다. 이름만 바꾸었다 뿐이지 현실하고 다를 바가 없었으니까.

하긴 내 상상 속 세계라고 다를 게 있었을까. 예닐곱 살 때 한글을 처음 깨치자마자 나는 이야기의 세계로 빠져들었다. 그 어린 나이에도 '지금이 아닌 언젠가, 여기가 아닌 어딘가'의 세계가 존재한다는 것이 얼마나 짜릿한 감정을 선사하는지 깨쳤던 것이다. 당시 전집을 팔러 다니는 방문 판매상들이 많았는데, 부모님이 없는 살림에도 올 컬러로 된 동화전집을 사주었던 기억이 난다(배달시켜 먹는 우유냐, 동화책이냐 둘 중 하나를 고르라는 말에 망설임 없이 책을 선택했던 나의 결단력이 기특하다).

총 서른 권에 달하는 동화전집의 네 번째 책이었던 《신데렐라》는 그야말로 나의 '최애' 동화책이었다. 하도 넘겨봐서 제본 부위가 너덜너덜해질 정도였다. 얼굴도 모르는 왕자님이 얼른 나를 찾으러 와줬으면, 하고 기도하며 처음 만날 때의 장면을 백번도 넘게 상상했다. 빌어먹을, 신데렐라콤플렉스의 시작이었다.

열 살 때는 내 생의 첫 번째 소설을 직접 집필하기에 이르는데, 제목이 '구슬공주'였다. 집 안의 그 누구도 나를 공주대접 해주지 않는 현실 속에서도 내색 없이 공주에 집착했던 나의 어린 시절에 눈물이 난다. 그래도 내용은 나름대로 진취적이었다. 용감한 공주가 조력자들의 도움을 얻어 모험을 떠나는데, 나중에는 우주까지 가게 되고, 아무튼 세계관을 감당할 수가 없게 되어 중간에 포기했다.

그러니까 나는, 나의 비루한 상상력 이야기를 하고 있는 거다. 기록에 남지 않은, 수많은 공상과 상상의 시간은 헤아릴 수조차 없다. 성인이 되어서도 문예창작학과에 들어가는 바람에 여전히 상상하기를 멈추지 못하게 되었는데, 우리나라 주류 문학이 선호하는 종류의 상상은 정해져 있어서 거기에 끼워 맞추려니 참 재미가 없었다. 결과적으로 내 상상력의 빈곤을 맞닥뜨리고 소설쓰기를 완전히 포기하게 되는 계기가 되었다. 그렇게 나이가 들고 어른이 되면서 나는 '지금이 아닌 언젠가, 여기가 아닌 어딘가'를 상상하기보다 현실적인 고민을 하게 되었다. 그래, 상상력은 책 속에만 있는 거니까. 결국 상상력이란 것 또한 현실의 울타리 안에서만 존재하는 셈이다.

"나는 한 남자의 선물인 내 작은 자유를 애지중지하며 내 집에, 내 감옥 안에 앉아 있다. 나 같은 이들에게 주어졌던 자유는 언제나 그런 것이었고, 나는 과연 다른 가능성이 있었는지 다시금 의아해졌다."*

가장 인상 깊었던 파멜라 사전트의 단편, 〈공포〉의 마지막 문장이다. 완전히 남자들의 세상이 되어버린 현실 속에서 주인공은 묻는다. 어쩌다 세상이 이렇게 되었느냐고, 과거에는 어떤 세상이었느냐고. 아주 오래 살았다는 할아버지의 말이 진짜 공포다.

"그렇게 다르진 않았어. 지금보단 덜 각박하고, 어쩌면 더 조용했달까. 지금처럼 야비하지도 않았고, 하지만 아주 다르진 않았어. 언제나 남자들이 모든 걸 관리했지. 가끔은 그렇지 않기도 했지만 그래 봐야 모든 실제적인 권력은 남자들이 갖고 가끔 약간의 권력을 여자들에게 내주는 거였어, 그게 다야." *

내 비루한 상상력의 원인을 이 거지 같은 세상에 돌리려고 하는 것이 아니다. 가끔 상상은 가장 지독한 현실의 반영이 되기도 한다. 반세기에 걸쳐 여성 작가들이 쌓아올린 이 공상과학소설들이 가볍게만 읽히지 않는 이유다.

---

* 조안나 러스 외 지음, 신해경 옮김,《혁명하는 여자들》, 아작, 2016.

공유에서
공감으로,
그리고 공명으로

이민희
《두 개의 목소리》를 읽고

커리어는 자아실현의 가장 빠르고 효과적인 도구다. 자신이 할 수 있는 일, 좋아하는 일, 적합한 일을 찾아나가는 과정에서 대부분의 인간은 성취감을 느끼고 살아갈 동력을 얻는다. 여자도 마찬가지다, 라고 말하고 싶지만 안타깝게도 여자에게는 핸디캡이 하나 더 있다. 자신이 여자라는, 존재 자체가 핸디캡이라는 것을 깨닫는 순간과 반드시 맞닥뜨리고야 만다는 것.

이민희 작가의 《두 개의 목소리》는 그런 순간을 맞닥뜨린 대한민국 여성 음악인들의 이야기를 다루고 있다. 작가는 대중음악 평론가이고, 역시나 여성이고, 페미니스트이기에 그들의 이야기를 잘 듣고, 이야기하고자 하는 바를 잘 벼려서 한 권의 책으로 묶었다. 인터뷰집이라기에는 작가의 소신이나 이야기가 잘 어우러져 있어서 노련한 진행자가 이야기를 끌어내는 긴 토크쇼를 시청한 기분이 든다.

대중음악이라는 조금은 특수한 분야에서도 여성으로서 겪는 대부분의 경험은 가히 보편적이라 할 만하다. 그들은 각자의 방법으로 헤쳐나가고 있는데, 페미니즘 책을 찾아 읽고 공부를 시작한다든지, 같은 고통을 지닌 사람들과 소통하는 시간을 마련한다든지, 자신의 경험과 감정을 노래 등의 창작물로 만들어 공유한다든지 여러 가지가 있다. 물론 그들은 현재에도 왕성하게 활동하고 있는 현직 음악가들이며 작가의 말처럼 "그들 모두의 삶에서 계속될 이야기의 허리쯤"에 불과한 내용이긴 하나, 나는 그래서 더 의미 있다고 봤다. 죽기 전까지 완전하게 완성되는 이야기란 있을 수 없다. 내 인생에 일어난 한 가지 사건만 보더라도 나의 나이와 환경에 따라 백만 가지 의미로 변주된다. 그 변주가 찬란하게 퍼져나가기 위해서는 소리통을 틀어막지 말고 함께 공명해야 한다. 이 책은 그러한 시도의 한 가지로 읽힌다.

음악가는 노래를 하고, 화가는 그림을 그리듯이 나는 가진 재주가 알량한 글쓰기밖에 없어서 답답한 일이 있을 때마다 에세이를 썼다. 그중 하나가 나의 사춘기 시절을 내내 어둡게 했던 아동성추행 사건이다. 이 일이 공유되고, 공명하게 된 과정을 써보고자 한다.

아홉 살 때 그 일을 겪은 이후로 십 년 넘게, 그러니까 성인이 될 때까지 단 한 명에게도 그 이야기를 말하지 못했다. 워낙 강렬한 사건이라 시간이 흐를수록 괴물처럼 의미가 확대되어 나를 잡아먹을 것만 같았다. 스무 살 때 처음 사귄 남자친구에게 오열을 해가며 더듬더듬 그 일을 고백한 게 1단계였다. 제대로 얘기나 했나 모르겠다. 나와 같은 스무 살이었던 그 아이도 어떤 반응을 해야 할지 몰랐을 거다. 과한 위로나 성냄 없이 조금은 뚱했던 그 반응이 오히려 날 안도하게 했다. 그리고 처음으로 입 밖에 낸 것만으로도 엄청난 해방감을 느꼈다.

2단계는 내가 믿을 수 있고 의미 있다고 생각하는 이들에게 일대일로 이야기하는 것이었다. 엄마, 베스트프렌드, 뭐 그런 사람들. 말을 하다 보니 제대로 묘사하기 위해 기억을 객관적으로 되짚어보게 됐고, 그 과정을 통과하자 엄청나게 징그러웠던 괴물이 대충 사람 같아졌다. 3단계는 익명의 공간에 글쓰기였다. 모 여성 커뮤니티 익명방에 글을 써서 올렸던 것 같다. 엄청난 댓글이 달렸는데 당연히 가해자에 대한 비난 일색이었다. 이름도 모르는 여성들이 내 편이 되어서 던져주는 위로가 그렇게 큰 위안이 될지 몰랐다.

마지막 단계는 제대로 된 글쓰기였다. 2016년에 시도했던 자서전 쓰기 프로젝트에서였다. 최대한 객관적으로 나의 기억을 더듬어 자세하게 묘사했다. 마치 지금의 내가 그 시절로 날아가 그 장면을 옆에서 목도하고 있는 것처럼. 어두운 골목에서 공포에 떨며 울던 만신창이가 된 아홉 살의 나를, 서른여섯 어른이 된 내가 포근히 감싸주는 느낌이었다. "오래 슬퍼하지는 마라. 네 앞에 꽤 괜찮은 인생이 기다리고 있거든"이라고 말해주면서 말이다. 내 안의 작은 나는 그렇게 치유 받았다. 그리고 사춘기 내내 나를 괴롭혔던 거대한 괴물은 '약한 어린애나 건드리는 비루하고 추악한 성도착자 새끼'로 쪼그라들어 사라졌다.

아, 진정한 마지막 단계는 따로 있었다. 위에서 언급한 글을 공개하는 것. 그리고 다른 사람과 공유하고 공명하는 것. 소은성 작가가 쓴 《어색하지 않게 사랑을 말하는 방법》에 그 과정이 아주 잘 묘사되어 있다. 〈우리는 서로의 용기가 될 거야〉라는 챕터의 우리가 바로 은성 언니와 나다. 별생각 없이 보여준 내 에세이에 그녀의 상처가 그리 휘저어질지 미처 예상하지 못했다. 어릴 때 당했던 그 일을 내 탓이 아니라고 정리한 지 오래되었고, 그래서 그것은 더 이상 내게 수치스러운 일이 아니었으므로 타인에게 그 일을 고백하는 것은 조금 과장해서 "어제 길 가다가 개똥 밟았어. 짜증나" 수준의 푸념이랄까. 물론, 상대방이 조금 부담스러워할 수도, 불편해하거나 불쾌해할 수도 있을 거라는 생각은 했지만 '뭐 거기까지 배려를 해야 하나, 우리 사이에' 그런 안이한 판단도 없지 않았다. 설마 그 글을 열 번 넘게 다시 읽고, 과거에 겪었던 자신의 무수한 상처까지 들쑤셔서 또 하나의 새로운 에세이로 완성해 다음 날 바로 내게 답장처럼 보내올지는 상상도 못했단 얘기다. 우리 얘기는 그렇게 책이 되었고, 더 많은 사람들에게 읽히고 있으며, 비슷한 경험을 한 수많은 자매들의 상처를 휘저을 것이다.

아픔이든 슬픔이든 내가 가진 것을 덜어 나누는 것이 공유라면, 여러 사람과 함께 같은 마음을 느끼고 위로받는 것이 공감이다. 나아가 묵직한 질량을 가진 목소리가 되어 두 개, 아니 백 개, 만 개의 갈래로 세상을 울리지 못하리란 법이 있는가. 그렇게 세상과 공명할 때 비로소 나도, 내 인생도 조금은 나아지지 않겠는가.

아픔에 대해 계속 써야겠다고, 분노에 대해 계속 써야겠다고, 불공평한 것에 대해, 부조리한 것에 대해, 더 나은 세상에 대해, 내가 꿈꾸는 삶에 대해…… 나는 계속 쓰고 얘기하고 소통해야겠다고, 그렇게 살아야겠다고 다짐한 이유이기도 하다.

급진적이라기보단
간 절 함 에
더   가 까 운

쉴라 제프리스
《래디컬 페미니즘》을 읽고

쉴라 제프리스는 영국의 유명한 페미니즘 학자이자, 래디컬 페미니스트라고 하는데 솔직히 저자에 대해서는 별로 아는 바가 없다. 도서관에서 습관적으로 책 제목을 훑다가 마음에 들어오는 책을 고른 게 이 책《래디컬 페미니즘》이다.

한마디로 급진적 페미니즘. 어쩌다 내 마음속에 급진적 페미니즘이 훅 들어와버렸을까. 아마도 작년 여름에 참여했던 혜화역 시위에 대한 인상이 강렬하게 남았던 까닭이겠지. 거기서 직접 보고 들은 이야기, 만난 어린 친구들을 이해하고 싶어서. 사실, 궁금해서 시위에 간 건데(물론 그들의 전체적인 요구사항과 목적에 동감하는 바가 컸기 때문이다) 혼란스러운 마음은 그 이후에 더욱 커졌다. 약간 정리 안 된 채로 살다가 도움이 될까 싶어 이 책을 읽게 된 것이다.

먼저 혜화역 시위에 대한 이야기부터 풀어봐야겠다. 가부장제 아래서 평범하게 성장한 삼십 대 유부녀가 수만 명의 래디컬 페미니스트들을 직접 맞닥뜨린 역사적인 순간에 대하여 말이다. 현재의 나는 이제 막 공부를 시작한 새내기 페미니스트일 뿐이고, 트위터보다는 록산 게이, 수전 팔루시, 알리스 슈바르처 등 책으로 공부하는 스타일이다. 그러니까 공유하고 행동하기보다는 책 속에 파고들고 사색하는 게 더 쉬운 80년대생이다.

그런 이유로 혜화역에 미처 닿기도 전에 그 뜨거운 공기는 내게 이질적으로 다가올 수밖에 없었다. 8차선 도로를 가득 채운 붉은 물결, 심장을 강타하는 듯한 군중의 함성, 무서움보다는 낯섦에 더 가까운 분노와 혐오. 그리고 연대. 들려오는 단어들도 모두 낯설었다. 자이루, 자이스, 자리마센. 영어와 일본어와 인터넷 용어가 온통 뒤섞인 낯선 단어들은 그들에게는 연대를 확인하게끔 하는 열쇠였다. 처음엔 어찌 다가갈까 싶었으나 막상 그 붉은 행렬 안에 쏙 들어가니 나는 그저 군중1이 되었다. 눈에 띄지도 않았지만 그들의 구호를 소리 높여 외치기엔 내 목소리가 낯설었다.

안에 들어가 주위를 둘러보니 그제야 자세히 보였다. 하나, 하나, 그들이 얼마나 여리고 평범한지. 십 대 중후반에서 이십 대 초반으로 보이는 어린 친구들이 대다수였고, 간간이 내 또래, 나보다 더 연배가 있어 보이는 사람도 눈에 띄었다.

연단에 선 주최자들은 목청이 찢어져라 구호를 외쳤다. "유좆무죄 무좆유죄!" "남자들도 체포하라!" 가녀린 목소리가 떨리다 못해 갈라졌지만 그럼에도 계속 외쳤다. 몇몇은 공개 삭발식에 참여했다. "단백질 히잡 벗어던지니 시원하다"고 했다. 지나가는 행인 중에 남자만 보여도 "눈 깔아!" 욕설이 난무했다. 개중에 휴대폰을 들어 사진을 찍으려는 사람들이 보이면 그들의 분노는 스프링처럼 튀어올랐다. "야, 너! 찍지 마! @$%@@^$@" 아이고, 시위 말미 대통령에게까지 욕을 할 때는 귀를 막고 싶은 심정이 되었다.

시위가 끝났다. "성님들, 고생하셨고요. 조심해서 돌아가세요~" 붉은 옷의 성난 그들은 행렬에서 빠져나오자 그냥 여자아이들이 되었다. 목이 가늘고 얼굴이 작은, 아직 채 자라지 못한 아이들. 밥이라도 사 먹이고 싶은 어린 아이들. 이들이 모두 제대로 공부해서 페미니스트가 된 건 아닐 터였다. 이들은 어떻게 래디컬 페미니스트가 되었을까.

시위에 다녀온 후 마음이 어지러웠다. 워마드, 메갈 등으로 대표되는 급진적인 페미니즘 커뮤니티에 대해 어떻게 입장을 정리해야 할지 몰랐다. 여남을 적대관계로 규정하고 세상의 모든 한남을 규탄하는 목소리에 동의하기 어려웠다. 어린 남자아이들마저도 '한남 유충'이라 조롱하고 혐오하는 분위기에 휩쓸리는 건 더더욱 거슬렸다.

그래서 읽은 게 이 책이다. 아직은 더 공부가 필요하겠다는 생각이 든다. 래디컬 페미니즘의 역사는 이미 19세기 후반부터 시작되었다. 그러니까 100년 전에도 소리 높여 여성의 인권을 존중하라고 외치는 여성들이 있었던 것이다(물론 서양 쪽 얘기긴 하지만).

사회마다, 시기마다 세부적인 내용은 달랐다. 성매매 여성들의 인권을 위해, 아동 성학대를 멈추라고, 근친강간 범죄를 처벌하라고, 성범죄 피해 여성을 위해 여성 경찰 투입을 의무화하라고, 여성에게도 투표권을 달라고, 여학생도 대학에 다닐 수 있게 해달라고, 수많은 래디컬 페미니즘 단체들은 합심해서 캠페인을 벌이고, 서명운동을 하고, 시위를 했다. 대로에서 옷을 벗고, 고함을 치고, 시청에 쳐들어갔다.

그 여성들을 바라보는 당시 주류사회의 시각은 어땠을까? 호의적이었을 리가 없지 않나. 도라 마스던, 캐서린 올리버,

스텔라 브라운, 시슬리 해밀턴, 프랜시스 올리버 등등 책에 등장하는 수많은 이름들이 당시에 어떤 탄압을 받았을지 나는 상상조차 할 수 없다. 그리고 여성의 인권과 자유를 위한 그들의 앙칼진 목소리가 당시 주류사회에는 거슬렸을지라도, 오늘날의 여성들이 남자들과 똑같은 교육을 받고, 투표를 하고, 경찰 군대 등 공권력에 일정 비율의 여성이 진출할 수 있게 해준 시초가 되었음을 안다. 그러니까 급진적인 게 더이상 급진적으로 느껴지지 않는 미래를 위하여, 현대의 여성들이 급진적인 목소리를 내야 할 이유는 그것만으로도 충분하지 않을까. 과거의 언니들이 그랬듯이.

이들이 모인 이유는 하나였다. 몰카 찍지 마라, 불법 촬영 범죄자는 남자든 여자든 공평하게 수사하고 똑같이 처벌해라. 생각해보니 이게 뭐가 그리 급진적인 주장인지 모르겠다. 그 가녀린 목소리가 주류사회에 한 줄기라도 도달하게 하기 위해서, 당장 바뀌지는 않더라도 바뀌게 될 그날이 아주 조금이라도 앞당겨질 수 있도록 목소리를 높이고, 미러링을 하고, 거친 표현을 하는 것. 이건 급진적이라기보다는 간절함에 더 가깝지 않나.

우리는 모두 페미니스트다. 여기서 어떤 페미니스트냐, 라는 건 의미가 없다. 불평등의 도가니 속에서 어찌할 바를 모르는 사람도, 생각만 많은 사람도, 목소리를 높일 수 있는 사람도 모두 페미니스트가 될 수 있다. 나만 생각하는 삶이 아니라 세상의 모든 자매를 위해 조금이라도 내가 할 수 있는 역할을 하고 서로의 아픔에 공감하는 것.

나는 여전히 트위터도 할 줄 모르는, 페미니즘을 겨우 책으로 배우는 재미없는 언니지만, 거친 욕을 하는 붉은 옷의 여자아이들을 응원할 것이다. 내가 어렸을 때 미처 경험하지 못했던 엄청난 연대의 힘을 가진 세대들. 그들이 얼마나 멋진 여성들로 성장할지 진심으로 기대된다.

―――――

누가 누굴 가르칠 수
있 을 거 라 믿 는
어리석음에 대하여

―――――

리베카 솔닛
《남자들은 자꾸 나를 가르치려 든다》를 읽고

맨스플레인Mansplain이라는 용어가 일상적으로 쓰이기 시작한 것은 비교적 최근의 일이다. 이 용어를 처음 들었을 때 분명 '누가 만들었는지 참 잘 만들었네'라고 생각했던 기억이 난다. 이 단어를 대체할 우리말도 나오면 좋겠다고도 생각했다. 혹시나 하여 사전에서 찾아보았더니 '남성이 여성보다 우위에 있다고 생각하며 여성에게 모든 것을 가르치려 드는 행위'라고 그 의미만 설명되어 있다.

"언어는 힘이다. 그런데 이것은 양면의 날이다. 우리는 단어의 힘을 이용해 의미를 묻어버릴 수 있지만 의미를 드러낼 수도 있다." *

맨스플레인이라는 용어가 힘을 갖게 되면서 남성이 여성에게 가르치려 드는 행위 자체와 그 배경, 의미에 대해 우리는 더 선명하게 들여다볼 수 있게 된 셈이다. 리베카 솔닛이 이 단어를 창조해낸 것은 아니지만, 그녀가 2008년에 쓴 〈남자들은 자꾸 나를 가르치려 든다〉라는 칼럼으로 인해 이 단어의 의미와 존재감이 폭발적으로 퍼져나간 것은 사실이다(대개의 신조어가 그렇듯이 맨스플레인을 누가 처음 만들었는지에 대한 내용은 알 수가 없다). 솔닛의 표현에 의하면 그 글은 "사람들의 심금을 건드렸다. 신경도 건드렸다".

리베카 솔닛은 여성학자가 아니다. 에세이스트도 아니다. 역사가이자 평론가로 비교적 어려운 글을 많이 쓴 작가이자 교수다. 한마디로 미국 사회 내에서도 배울 만큼 배운 사람이며, 성공할 만큼 성공한 사람이라는 의미다. 그런 그녀조차도 일상적으로 맨스플레인을 당한다(심지어 그녀는 자신이 쓴 책을 거론하며 잘난 척하는 남자의 '가르치는 소리'를 한동안 듣고 있어야 했다. 옆에서 친구가 "당신이 말하는 그 책, 바로 이 사람이 쓴 거라고요!"라고 몇 번이나 말했는데도 열과 성을 다해 '가르쳐주느라' 알아듣지도 못한다).

"아무것도 모르는 주제에 자신감이 넘쳐서 정면 대결을 일삼는 사람은 유독 한쪽 성에 많다. 남자들은 자꾸 나를, 그리고 다른 여자들을 가르치려 든다. 여자라면 누구나 내 말을 이해할 것이다. 이런 현상 때문에 여자들은 어느 분야에서든 종종 괴로움을 겪는다. 이런 현상 때문에 여자들은 나서서 말하기를 주저하고, 용감하게 나서서 말하더라도 경청되지 않는다." *

솔닛의 글을 읽으며 고개를 끄덕인 것은 '가르치려 드는 남자'들을 유독 견디기 힘들어 하는 나의 성정 때문이다. 그걸 처음 알게 된 것은 스무 살, 첫 남자친구를 사귀었을 때였다. 착하고 배려심 있는 아이로 나와 같은 나이의 같은 과 동기였다. 음악과 문학 등 어떤 분야에서는 실제로 박식하기도 해서 더 호감이 갔던 것도 사실이었다. 많은 대화가 그런 식으로 흘러갔다. 내가 뭔가에 대해 물어보면, 그 아이는 그것에 대해 '가르쳐'주었다. 내가 단지 화제만 꺼냈을 뿐인데도, 그 아이는 그것에 대해 '가르쳐'주었다. 전혀 모르는 분야에 대한 얘기가 나와도 그 아이는 '가르쳐'주는 시늉이라도 했다.

그 아이나 나나 만 스물도 안 된, 갓 고등학교를 졸업한 풋내기에 불과했다. 누가 누굴 가르쳐주고 말고 할 관계가 아니었다는 거다. 그런데 그 착한 아이는, 그것이 마치 남자친구에게 부여된 성스러운 의무라도 되는 양 모든 것을 '가르쳐'주느라 진땀을 흘렸다. 솔직히 처음엔 그런 모습도 좋아 보였다. 나에게 잘 보이려고 애쓰는구나 싶어서. 그런데 시간이 가면 갈수록 견디기가 힘들어졌다. 위선적이고 가식적인 모습이라고 생각했다. 그 아이가 모르는 걸 아는 척할 때마다 그 허점을 파고들어서 비꼬고 무시했다(그땐 나도 어렸으니까……. 생각해보니 내가 제일 못되게 굴었던 남자친구다). 결국 일 년도 되지 않아 우린 넘을 수 없는 벽을 맞닥뜨려야 했다. 참 착한 아이여서 헤어지자는 말도 제대로 못하고 일 년을 더 질질 끌다가 헤어졌다. 시간이 오래 흐른 뒤에 그런 생각을 했다. 우리가 남녀관계가 아니었다면 차라리 더 좋은 친구가 될 수 있었을 거라고. 그러니까 그 아이가 날 가르쳐줘야 한다는 의무만 갖지 않았더라면 말이다.

맨스플레인이라는 용어를 영접하기 전, 나는 그것이 내 별스러운 성격 탓이라고 생각했다. 아니, 조금 남 탓을 해보자면, 목소리 큰 우리 아버지 탓? 우리 집의 발언권은 당연히 가부장에게 집중되어 있었고, 아버지가 무슨 말씀을 시작하면 꼼짝없이 그걸 듣고 있어야 했다. 엄마도, 삼촌도, 고모도, 당연히 나도. 뭐 가끔은 흥미진진한 얘기가 없는 건 아니었다. 문제는 '가르치려 드는' 말투에 있었다. 남의 얘기는 조금도 듣지 않고, 혹시라도 반기를 들면 자존심 상해하며 더 큰 목소리로 찍어누르는 태도 자체에 반발심이 들었다. 나는 그 이유를 내가 아버지를 싫어해서 그렇다고 생각했다. 아버지 개인의 문제가 아니라는 걸 몰랐던 것이다. 자신이 힘을 가졌다고 생각하는 이 세상의 남자들은 모두 그런 식으로 말한다는 걸 몰랐다. 그게 상대방의 언어를 빼앗는 행위라는 것도.

나는 집에서 말하는 법을 배우지 못했다. 워낙 소극적인 성격이기도 했고, 말을 해봤자 경청해준 적이 한 번도 없었기 때문이다. 열두 살 때였나. 한번은 수돗가에서 상추 씻는 할머니를 돕다가 "학교에서 배웠는데요, 채소는 흐르는 물에 씻어야 한대요"라고 한마디 했다가, 너나 잘해, 어디서 잘난 척이냐, 라는 말을 듣고 금세 입을 다물었던 기억이 갑자기 난다! 내가 기억하는 한 우리 집은 늘 그런 분위기였다. 엄마와 나는 나서서 말할 권리가 없었고, 용기를 낸다 한들 무시당하기 일쑤였으며 따라서 자연스럽게 말수를 줄여갔다(그럼에도 할머니는 "너희 엄마는 말을 하도 안 해서 무슨 생각을 하는지 알 수가 없다"고 타박했다).

성인이 되고, 자아가 조금씩 자라나면서 가르치려 드는 남자들을 감당하는 것이 점점 버거워졌다. 분명, 괜찮은 사람이고 똑똑한 사람인데 도무지 대화가 안 되는 것이다. 왜일까, 나에게 문제가 있는 걸까. 원래 연애는 이렇게 힘든 걸까. 반대로 여자들과는 그런 현상을 전혀 겪지 않아도 되었다. 이야기를 주고, 받고, 함께 화내거나 슬퍼하고, 공감하는 것이 가능했다는 말이다. 왜 남자들과는 그게 안 되는 것일까. 교양과 인성을 갖춘, 나보다 똑똑하기까지 한 성인인데 왜 이렇게 답답하고 짜증이 나는 걸까. 나의 연애에는 뭔가 문제가 있는 게 분명해.

그런 고민을 하는 여자들이 나 말고도 많았던 게 분명하다. 그러니까 맨스플레인이라는 단어가 나오자마자 열렬한 환대를 받은 것이다. 그리고 이것은 비단 연애에서의 문제만이 아니다.

솔닛은 말한다. "신뢰성은 생존의 기본 도구다. 페미니즘의 투쟁에서 핵심과제는 늘 여성을 신뢰할 만하고 경청할 만한 존재로 만드는 것이다"˙라고. 솔닛이 이 에세이를 쓴 것은 남성들에게 경각심을 주려는 뜻도 있었지만, 그 못지않게 여성들에게 그런 일을 당한다고 해서 자신의 부족함을 탓하진 말라고 말하기 위해서였다. 여성의 말이 경청되지 않는 이유는 절대로 부족해서가 아니다. 남성 위주의 사회는 여자가 태어난 순간부터 압박하기 시작해 발언권을 제한한다. 그것을 깨달은 순간 아마 당신은 답답함을 느끼게 될 것이다. 그리고 당신 앞에서 (제대로 잘 알지도 못하면서) '가르치려 드는 남자'를 발견하게 될 것이다.

"그동안 많은 여자들은 자꾸 여자를 가르치려 드는 남자들과의 싸움에서 짓밟혔다. 내 세대의 여자들은 물론이고 우리에게 더없이 간절한 미래 세대의 여자들도 그렇다. 미국에서도 그렇고 파키스탄과 볼리비아와 자바에서도 그렇다. 그들은 실험실에 들어갈 수 없었으며 도서관에도, 대화에도, 혁명에도, 심지어 인간의 범주에도 들어갈 수 없었다." •

여전히 싸움은 계속되고 있다. 말할 권리, 생각할 권리, 사실과 진실을 안다고 인정받을 권리, 가치를 지닐 권리, 인간이 될 권리를 얻기 위한 싸움은 아마 우리 세대에서 끝나지 않을 것이다. 그러나 계속해서 쏟아지는 맨스플레인 앞에서 분명히 우리가 알아야 할 사실은 하나다. 남자들은 우리를 가르칠 권리가 없다.

• 리베카 솔닛 지음, 김명남 옮김, 《남자들은 자꾸 나를 가르치려 든다》, 창비, 2015.

생 각 하 는
여 자 로 사 는 법

김은주
《생각하는 여자는 괴물과 함께 잠을 잔다》를 읽고

"철학의 역사는 오랫동안 남성들만의 것이었다. 철학사에
서 여성의 이름이 보이게 된 지는 얼마 되지 않았으며 본격적
으로 등장한 것은 20세기 들어서다. 생각하는 여성이라고 한
다면, 그는 미쳤거나 사회부적응자이거나 남성을 유혹하는
악녀였다. '남자를 이겨 먹으려는' 이런 여자들은 '여자답지'
않은 희한한 존재로 여겨졌다." *

《생각하는 여자는 괴물과 함께 잠을 잔다》를 읽었다. 김은
주 작가의 서문을 읽으며 고개를 끄덕일 수밖에 없었다. 이러
한 맥락은 현재도 이루어지고 있는 것이 사실이니까. 어쨌거
나 여자가 여자들을 대상으로 여자들의 이야기를 엮은 이 책

에서는 그러한 배경을 모두 차치하고 그들의 삶을 올곧게 들여다본다. 그들의 성장 과정과 철학의 배경, 피할 수 없었던 시대의 핍박과 그럼에도 불구하고 남긴 주옥같은 철학들. 분명한 건 그들이 '생각하는 여자'가 되기로 마음먹은 순간, 절대 생각만 하고 살 수는 없게 되어버렸다는 것이다. 한나 아렌트는 다니던 학교에서 퇴학당해야 했고, 스피박은 자신에게 침을 뱉는 사람들에게 다시 침을 뱉는 것으로 맞받아쳤다. 남과 다른 자신의 성적 욕망에 대해 끊임없이 질문하기를 멈추지 않았던 주디스 버틀러, 스페인 내전에서 레지스탕스로 활동하다 서른네 살에 요절한 시몬 베유 등 이 책에 나온 '생각하는 여자'들의 인생사는 대체로 그들의 이론과 일치했다.

'생각하는 여자는 괴물과 함께 잠을 잔다'라는 제목은 미국의 시인, 에이드리언 리치의 시 구절에서 따왔다고 한다. 평범한 중산층 여성으로서 세 아이를 양육하며 살던 그는 결국 1960년대 미국 여성운동에 참여하면서 비로소 레즈비언으로서의 성 정체성을 인정하고 사회적 소수자의 인권운동을 위해 적극적으로 목소리를 내기 시작했다. 에이드리언이 말하는 '괴물'이란 과연 무엇일까. 왜 아직도 많은 여자들은 밤마다 내면에서 아우성치는 거대한 괴물을 다독이며 악몽을 꾸어야 하는 것인가.

"책 읽는 여자는 위험하다더군요."

언젠가 블로그에 달린 댓글이다. 책을 읽고 내 생각을 끼적인 글에 대한 댓글이었다. 너무 익숙하고, 유명한 말이라 누가 처음 이 얘길 했는지도 모르겠지만, 무슨 의도인지는 알고도 남는다. 책을 읽으면 생각하게 되고 생각하다 보면 질문이 생긴다. 이미 견고해진 남성중심주의사회에서 책 읽는 여자는 현실에 의심을 품고 '왜'냐고 질문을 던지는 발칙한 마녀에 지나지 않는 것이다.

사람마다 다를 수밖에 없겠지만 나 또한 자연스럽게 몸의 성장과 더불어 생각의 성장을 거쳤다. 그 과정에 수많은 철학책들이 있었음은 물론이다(그 모든 것이 백인 남성의 지식이었다는 점을 생각하면 가슴 한구석이 서늘해진다).

문제는 책 읽는 여자가 반드시 생각하는 여자로 진화하지는 않는다는 것. 책에서 얻은 사유의 결과가 나의 것이 되려면 그것을 어떻게든 자신의 삶 속에 녹여내야 하는데, 사실 그것이 쉽지가 않다. 내 주변에도, TV 드라마나 영화에도 천편일률적인 여자의 삶만을 보고 답습하며 결국 '생각하지 않는 여자'로 성장하기가 더 쉽다.

책을 읽으면서 아주 오랜만에 혜진 언니를 떠올린 것은 그래서였다. 태어나서 처음 만난, '생각하고 행동하는 여자'였는데, 그 충격과 경외감이 지금까지도 생생하다. 내가 고등학교에 갓 들어갔을 때, 이미 졸업한 선배였던 혜진 언니는 후배들 사이에 마치 전설적인 존재처럼 여겨지고 있었다. 전교 1등 정도는 가볍게 할 만큼 머리가 좋았으나 성적으로 자신의 가치를 매기는 어리석은 짓을 하지 않았다. 나는 '더 나은 세상을 만들기 위해 투신하겠다, 내 삶의 51퍼센트는 남을 위해 살겠다'는 일념으로 고등학생 때 일찍이 노동운동에 뛰어들었다고 한다. 우수한 성적에도 불구하고—전설에 의하면 장학금을 준다며 오라는 대학도 있었다—자의로 대학 진학을 거부하고 공장에 들어갔다는 것이다. 똑똑하고, 강인하고, 멋있는 말을 하고, 실제로 그 말과 같은 삶을 살고…….나는 혜진 언니를 존경했다. 적어도 내 주변에는 그저 '먹고사는' 문제에만 급급한 어른들뿐이었으니. 남을 위해 1퍼센트라도 더 내 삶의 비중을 내어주겠다는 그 희생정신! 그때껏 그런 사람은 위인전이나 영화 속에서만 봤는데 실제로 눈앞에 있으니 이제 막 자아가 형성되기 시작한 청소년에게 얼마나 대단해 보였겠나.

나도 그렇게 살고 싶었다. 대학생이 된 후 서울로 통학을 하면서도 인천의 청소년단체에 반쯤 발을 걸친 채로 자원봉사를 하며 적지 않은 시간과 에너지를 쏟은 것은 그 이유 때문이었다. 한데 내가 간과한 것이 있었다. 생각하는 여자는 남의 생각을 나의 것으로 받아들이는 단계가 훨씬 복잡하고 어렵다는 것. 소위 '운동권'이라 말하는 선배들의 사고방식과 행동양식을, 나는 나의 것으로 만들지 못하고 결국 발을 뺐다. 내가 살아갈 현실과 맞아떨어지지 않는 그들의 허망한 구호에는 아예 귀를 막고 싶은 심정이었다.

그 이후로는 뭐 뻔하다. 대학을 졸업하고, 취직을 하고, 남들 버는 만큼 벌고, 나이가 차니 결혼도 하고……. 아이 낳는 것만 빼고 남들 사는 방식에서 크게 벗어나지도, 뒤처지지도 않게 살아온 셈이다. 내가 존경해 마지않았던 혜진 언니도 결국 결혼과 육아를 거치며 활동가로서의 경력이 단절되었다는 소식을 들었다. 그게 벌써 십 수 년 전이니, 지금 언니는 어떻게 살고 있을까. 아마 평범한 아줌마는 아닐 거란 생각만 할 뿐이다.

결국 나는 인정해야 한다. 나는 생각하는 여자다. 혹은 생각하는 여자가 되고 싶어한다. 자꾸 내 안의 괴물이 나를 들썩이게 한다. 의심을 품게 만들고, 생각하게 한다. 어쩌면 페미니즘을 접하게 된 것도, 자꾸만 여행을 떠나는 것도 그 괴물 때문인지도 모르겠다. 나 또한 그 생각을 정리하는 과정중에 있다. 이 책에 나온 여자들처럼, 나도 언젠가는 그 생각과 삶을 연결시킬 수 있는 때가 오기를 기다리는 중이다.

존재하려는 열정이 그녀의 몸에 아로새겨져 있다. 우리가 서로를 발견할 때까진, 우리는 혼자일 수밖에 없다.**

---

* 김은주 지음, 《생각하는 여자는 괴물과 함께 잠을 잔다》, 봄알람, 2017.
** 에이드리언 리치 지음, 한지희 옮김, 《문턱 너머 저편》, 문학과지성사, 2011.

3부

세상을 널리 이롭게 하는
페미니즘

불행은 일상의
얼굴을 하고
찾아온다

친구가 현재진행형인 불행한 삶을 고백해온다면 어떤 얼굴을 해야 할까, 어떤 말을 해야 할까. 내 감정에 몰두해야 할까, 아니면 친구가 미처 표현해내지 못한 진심을 미루어 짐작해야 할까. 당사자를 앞에 두고 그의 삶에 대해서 이야기하는 것이 얼마나 겁나는 일인지. 도와줄게, 응원한다고 말하지만 그게 어디까지인지도 알 수 없다. 우리는 친구이되, 타인일 수밖에 없으니.

K가 남편에게 폭력적인 성향이 있다는 걸 알게 된 것은 결혼한 지 삼사 년 차 되었을 무렵이라고 했다. 커튼을 설치하

러 온 기사에게 원하는 바를 제대로 설명하지 못했다는 게 이유였다. 매우 단순한 실수였다. 당황해하는 K에게 남편은 "뭐라고 말했어?"라고 열 번쯤 반복해서 질문했다. K가 답을 할 때마다 남편은 더 화를 냈고, 손찌검까지 했다. 가정폭력은 신문 사회면이나 영화에서 묘사되는 것처럼 극적이지 않았다. 그래서 처음엔 헷갈렸다고 했다. "으이구!" 하며 쥐어박듯이 한곳을 집중적으로 여러 번 때린다든가, "내가 그러지 말라고 했지~!" 하며 등판을 내리치거나 매우 세게 이마에 알밤을 먹이는 식이었다. 몸이 휘청거릴 정도로 충격이 와도, 너무 아프고 멍이 들었어도 K는 헷갈렸다. 내가 맞은 게 맞나 싶었단다. 기분이 나쁘고, 통증도 선명하고, 기억에도 선연한데, 증거는 없었다. 무엇으로 폭력을 정의 내릴 수 있는가.

E는 십 년 동안 사귀다가 헤어진 사람을 다시 만나 결혼했다. 두 사람을 다시 만나게 한 건 애달픈 사랑이라기보다는 익숙함에 의한 관성에 더 가까웠다. 나이도 찼고, 다른 사람을 찾기도 귀찮고. E의 남편은 변변한 직업이 없었지만 아침부터 밤늦게까지 테니스를 치느라 바쁜 사람이었다. 남의 밑에서 일하기는 죽어도 싫고, 아버지가 차려준 PC방은 점

점 손님이 떨어져나가는데도 아르바이트로만 돌리다가 결국 엄청난 손해를 입은 채 정리하고 말았다. E는 직장을 다니다가 말다가 하면서 점점 나이만 먹어갔다. 아이가 생기면 정신을 차린다던데. 양가 어른들의 말에 일부러 노력해서 예쁜 딸을 얻었다. 그러나 남편은 여전했다. E는 친정엄마에게 아이를 맡기고 서울까지 직장을 다니다 말다 했다. 아이는 점점 자라는데 가정경제는 자꾸 곤궁해지기만 했다. 여전히 E는 "에이, 나도 모르겠다" 하고 만다. 그의 타는 속을 나는 알 길이 없다.

불행을 불행으로 인식하는 것이 어떤 이에게는 쉬운 일이 아닌 모양이다. 물론 나의 이런 생각이 오만이라는 것을 안다. 당사자도 잘 모르겠다는데, 그것이 불행이라고, 너는 현재 불행한 것이 맞으니 인정하라고 윽박지르는 꼴이 아닌가. 갑자기 그들의 남편들이 개과천선해서 변할 수도 있는 일이고 말이다.

그러나 그게 내가 사랑하는 친구의 일이고, 그 얘기를 친구로부터 직접 전해 들었을 경우에는 문제가 달라진다. 친구의 결혼생활을 오래 지켜봐왔고, 남편들 또한 서로의 집을 오가며 함께 식사 자리를 가지는 등 친한 지인의 범주에 들어선

이들이었으니까. 일단 피가 거꾸로 솟는 듯한 기분이 듦과 동시에 그 남편(놈)들에게 자동으로 욕이 발사된다. 그리고 세상에서 가장 가련하고 불쌍한 피해자가 된 내 친구를 어떻게 해서든 그 지옥의 구렁텅이에서 빼내야 한다는 강렬한 사명감에 사로잡힌다. 당연히, 그게 가능할 리 없는데도 말이다.

K의 이야기를 들으며 당장 이혼하라고 방방 뛰었고, E의 이야기를 들으며 이 친구가 아주 나중에 빈털터리가 됐을 때 작은 보금자리라도 마련해주려면 돈을 얼마나 모아야 하나 진지하게 고민하기도 했다. 특히 E는 열세 살 때부터 성장기와 이십 대를 모두 함께 보낸 친구라, 그런 친구를 고생시키는 남편놈에 대한 분노에 눈물까지 날 정도였다.

친구의 일에 내 일처럼 분노하는 건 참 쉽지만, 허무한 일이었다. 누가 봐도 비상식적인 상황 속에 처해 있는 당사자가 "그 정돈가……?" 하며 고개를 갸웃거릴 땐 내가 너무 오지랖이 넓었구나 싶어 무안해지기도 했다.

물론, 남편들이 개과천선해서 행복하게 잘 사는 게 가장 아름다운 엔딩일 것이나 삶은 늘 그렇듯 지지부진하게 흘러갔다. K는 남편과 별거에 가까운 생활을 시작했고, E는 무럭무럭 자라나는 예쁜 딸을 보며 얻는 기쁨에 먼 미래에 대한 걱정은 잠시 접어둔 듯했다. 나의 오버액션이 무색하게 친구들은 크게 악화되지도, 나아지지도 않은 삶을 묵묵하게 살아내고 있다. 이전보다 만남의 횟수는 줄었지만 만나서 밥 먹고, 차 마시면서 소소한 수다를 떨다 보니 뭐 그렇게 최악의 상황은 아닌 건가 싶기도 했다.

"요즘 네 남편은 돈 가져오고 있어?"

"아니. 그냥 예전에 벌어둔 돈 파먹고 있어."

"괜찮아? 애도 곧 초등학교 들어갈 텐데."

"몰라. 나라도 돈 벌어야 되는데. 아, 일하기 싫어."

전혀 변하지 않은 듯한 상황에 나도 점점 입을 다물게 되었다. 얘기를 꺼내봤자 내가 책임져줄 수 없는 문제에 대해 잔소리만 늘어놓게 될까 봐 걱정되기도 했다. 나는 그저 내 친구가 행복하기를, 충만한 삶을 살아가기를 바랄 뿐인데. 그것에 대해 이야기하기 위해서는 먼저 선행되어야 할 것이 있었다. 현재를 회피하지 않고 있는 그대로 직면하는 것. 남편과 진솔한 대화를 나누고 함께 해결책을 찾아가는 것.

불행은 일상의 얼굴을 하고 찾아온다. 뉴스에는 한 단면만이 크게 부각되어 자극적으로 묘사되지만 그 모든 일이 한 순간에, 한번에 벌어지는 법은 없다. 야금야금 아주 사사로운 곳까지 침투해 있는 불행의 찌꺼기를 모두 찾아내 거르기란 결코 쉬운 일이 아니다. 내가 지금 걸어가고 있는 인생의 방향을 제대로 알지 못한다면, 그 방향이 크게 틀어진다 해도 다시 제자리를 찾기 어렵다.

그나마 다행인 건 어떻게든 삶은 계속 흘러가고 있고, 이 세상에는 다양한 변수와 여러 사람들의 도움이 존재한다는 사실이다.

"도와줄 거 있으면 말해. 항상 널 응원해."

진심이었으나 판에 박힌 말을 내뱉으며 내가 친구에게 해 줄 수 있는 일이란 그저 행복을 바라는 일 외에는 없다는 것 을 깨닫는다.

하지만 만약에, 친구가 어떤 큰 결심을 하고 인생의 커다 란 방향키를 돌리려고 한다면, 그땐 나도 온 힘을 다해 너의 손을 맞잡을 거라고 조용히 마음을 다져본다.

―

다들 그렇게 사니까

일산에서 결혼생활을 시작하고 난 후 나는 빠르게 새로운 보금자리에 적응해나가기 시작했다. 선은 새로운 내 삶에 나타난 첫 번째 친구였다. 당시 내가 프리랜서로 일하던 로컬신문의 담당 편집기자였다. 업무 메일을 주고받으며 간단히 안부와 일상을 공유하기 시작했고, 가끔씩 식사를 함께 하기도 했다. 동갑이었던 우리는 급속도로 친해졌다.

열등감 없는 성격, 긍정적인 태도, 미래에 대한 기대감. 나는 그가 맘에 들었다. 꿈꾸면 뭐든 이뤄지리라 믿는 순수함까지도. 매주 화요일, 카페에서 만나 글쓰기 모임을 했던 우리는 늘 다가오지 않은 미래에 대한 이야기를 나눴다. 천 억을 벌 거예요. 노벨문학상을 타고 싶어요! 얼토당토않은 소원들을 줄줄이 늘어놓으며 반짝이는 미소를 짓는 선을 보며 나도 웃었다.

《82년생 김지영》을 읽으며 왜 선이 떠올랐을까. 너무나도 유명해 이제는 한국 페미니즘의 상징적인 기록물처럼 여겨지는 이 책을, 나는 사실 좀 늦게 읽었다(남들 다 보는 책은 왠지 손 대기 싫은 놀부 심보인지도). 한번에 휘리릭 읽어간 이 소설은 르포 같기도 하고, 판타지 같기도 한 묘한 매력이 있었다. 1982년에 태어난 김지영이란 한국 여자의 삶을 시간 순서대로 서술하는데 내가 아는 거의 모든 여성들이 겹쳐 보였다. 81년에 태어난 나와 선 또한 책 속에 등장하는 김지영과 크게 다르지 않은 삶을 살아온 것이 사실이다. 그중 선에 대해 써야겠다고 마음먹은 것은, 비교적 짧은 시간 내에 스스로에 대한 애정과 미래에 대한 자신감으로 충만하던 독립된 존재가 결혼과 출산을 거치며 급속도로 빛을 잃어가는 과정을 곁에서 적나라하게 지켜본 경험이 있기 때문일 것이다.

직장도 열심히 다니고, 돈을 모아 머리도 예쁘게 하고, 영어 스터디 모임에도 나가고, 운동과 다이어트에도 열심이던 선이 어느 날 결혼을 하게 되었다는 소식을 전해왔다. 우리나라 삼십 대 여성의 결혼이 그렇듯 애기가 나오자마자 일사천리로 진행되었다. 자연히 우리의 만남은 뜸해졌고, 선이 남편과 시집이 있는 전라도 지방에 내려가게 되면서 아쉬운 작별을 했다.

사실, 선의 결혼생활에 별일이 있었던 것은 아니었다. 남편은 살갑고 가정적이진 않지만, 똑똑하고 책임감 있는 가장이었고, 연년생으로 낳은 두 아들은 건강하게 잘 컸다. 지역유지라는 시가가 워낙 짠돌이라 자식들을 힘들게 한다는 정도만 빼고. 물리적인 거리가 멀어 만나기는커녕 일 년에 한두 번 정도 연락을 주고받는 게 전부였던지라 선이 어떻게 살고 있는지 자세한 사정을 들은 적은 없었다. 남들 사는 것처럼 그렇게 사는 거지.

그러던 어느 날 아침, 선의 전화를 받았다. 늘 과도할 정도로 낙천적이던 그가 심각한 목소리로 하소연을 해온 건 처음이라 나는 바쁜 와중에도 전화를 놓지 못했다. 그땐 엄청 심각했는데, 지금은 기억나는 애기가 없다. 남편과 시집 문제, 혼자 아들 둘 케어하느라 자기 자신을 잃어버린 것 같다는 이야기들이었던 것 같다. 사실, 뭐라 해줄 말이 없어서 긴 하소연에 별다른 리액선도 못한 채 통화는 끝났다. 그녀의 아픔에 공감을 못했다기보다는, 약간 어안이 벙벙한 기분이었다고 할까. 내 기억 속에 있던, 야무진 꿈에 도취되어 있던 초긍정 아가씨가 불과 오 년 만에 삶에 찌든 아줌마가 되어버린 현실이 미처 실제로 받아들여지지 않았다고 할까. 다른 사람으로 변신한 느낌. 《82년생 김지영》이 왜 판타지처럼 느껴졌는지 알겠다.

그날 하루 내내 일이 손에 잡히지 않아 결국 나는 선에게 메일을 썼다.

벌써 늦은 오후네요. 잠시 어영부영하다 보면 시간이 저만큼 훌쩍 가는 것 같아요. 오전에 선 씨랑 통화하고 내내 마음이 안 좋았어요. 내 친구니까, 내 일처럼 화가 나고 속상한 건 당연하지만 그보다도, 일산에서 우리가 가까이 지냈을 적, 그 반짝이던 모습을 마치 어제 본 것처럼 생생하게 기억하고 있기 때문이에요.

내가 알던 선 씨는, 아픈 과거에 더 이상 얽매이지 않고, 다가올 미래를 향한 부푼 꿈에 설레 하는 사람이었어요. 스스로를 아름답다고 생각하고, 더 아름다워지기 위해 노력하던 사람이었고요. 자신에 대해, 그리고 세상에 대해 더 알고 싶어 눈을 반짝거리곤 했어요. 항상 긍정적인 기운을 뿜어냈어요. 과거나 현재보다 미래에 대한 이야기를 더 많이 했지요.

그 얼굴을, 표정을, 나는 아름다운 풍경을 보는 것처럼 바라봤어요. 내게 없는 보석을 품고 있는 것 같아서 마냥 부러웠어요.

그래서 슬펐어요. 우리가 알고 지낸 시간이 길진 않았죠. 이 년도 채 안 되는 시간이었을 거예요. 하지만 선 씨의 인생에서 어쩌면 가장 많은 변화가 있었던 시기였을지 몰라요. 우리가 서로의 일상을 속속들이 알고 매일 수다를 떠는 그런 절친은 아니지만, 그 시기, 변화무쌍한 인생의 파도에 휩쓸려가듯 떠나는 선 씨를 지켜보면서 많은 생각을 했던 기억이 나요. 그리고 정말 진심을 다해 행복하기를 바랐어요.

인생이 100퍼센트 행복하기만 한 사람은 없을 거예요. 나도 마찬가지고요. 불행과 행복을 나누는 일은 어쩌면 무의미한 일일지도 모르지요. 사람이 한 번의 생을 사는 동안 얼마나 많은 행복과 불행이 다녀가겠어요. 다만, 불행이 선 씨를 잠식하게 그냥 두지 말아요. 내면의 반짝이는 영혼을 흐릿하게 만들지 못하게 해요. 미움과 원망이 자신을 변하게 만들지 않았으면 좋겠어요.

함께 시집 욕을 해줄 수 있어요. 남편 흉도 봐줄 수 있어요. 하지만 그것이 선 씨가 선택한 삶을 더 낫게 만드는 해결책은 될 수 없겠죠. 더 큰 허무함이 파도칠지도 몰라요.

우리가 처음 만났을 땐 갓 서른이었죠. 어느새 후반을 향해 가고 있어요. 그새 선 씨는 두 아이의 엄마가 되었고요. 곧 사십 대가 되고, 중년과 노년이 다가올 거예요. 우리는 나이 들어가고 있어요. 그래도 선 씨 안에는, 순수한 소녀가, 미래를 생각하며 설레 하던 젊은 영혼이 살아 있다는 걸 믿어야 해요.

지금은 다른 삶을 살고 있지만, 매주 화요일, 일산의 한 카페에서 함께 글을 쓰며 꿈을 이야기하던 우리는 전혀 달라지지 않았어요. 인생은 앞으로 어떤 일이 일어날지 몰라서 더 매력 있는 거잖아요. 또 모르죠. 우리가 함께 다시 화요일의 글쓰기 모임을 하게 될지도.

그때까지, 우리 변함없기로 해요. 부디.

먼 곳에서, 그대에게 용기와 사랑을 주고 싶은
친구가

긴 메일을 보내고 조금 후회했던 것도 같다. 내가 뭐라고 남의 인생에 감 놔라 배 놔라냐. 다들 그렇게 살잖아. 결혼하고, 애 낳고, 애 키우면서 자연스럽게 아줌마가 되고, 할머니도 되고. 아, 그래도 선 씨 정말 반짝거리고 예뻤는데, 그 모습을 다시 볼 수 없다는 건 너무 슬픈데…….

다행히 그날 밤 답장이 왔다.

뜻밖의 편지를 받고 소리 없이 울었네요. 예전의 제 모습이 그랬었구나 떠올려도 보고. 어차피 제가 다 선택한 거죠. 지금부터 다시 선택하면 되는 거겠죠. 사실 속으로만 앓았던 거 같아요. 무시할 건 쿨하게 무시하고 내 생활 활력 있게 하면 되는 건데 괜히 붙잡고 있고. 다른 거 다 필요 없고 내 걱정을 아미 씨가 묵묵히 들어준 것도 고마운데 이렇게 맘 써서 편지까지 보내줘서 외롭지 않네요.

어차피 혼자 살다 죽는 건데 누군가의 위로가 꼭 필요할까 생각했는데 정말 진심어린 위로를 받아보니 너무 고마워요. 가끔 정말 너무 지치거든요. 정말 힘들었는데 너무 고마워요.

지금 체중도 많이 늘었고 거울을 보면 아저씨가 서 있

는 것 같고 돈 든다고 양질의 다이어트도 미루고. 그래서 오늘부터는 몸에 좋은 것 좀 먹어보려고 닭가슴살, 토마토, 버섯, 오이 주문했네요. ㅋㅋ

시가에서는 살이 찐 것조차도 무시하더라고요. 헐이죠? 제가 제 멘탈은 고려도 못하고 어마무시한 결혼을 한 거 같아요. 애들한테 제일 미안하죠.

이제부터라도 양질의 삶을 제게 부여하려고요. 정말 편지 너무 고마워요. 이런 친구가 있다니 제 인생 성공한 거 같은데요.

그날 이후로 선은 많이 변했다. 다시 소설을 쓰기 시작했고, 두 권짜리 로맨스소설도 출간했다. 나 역시 오지랖을 부린 김에 자꾸 선에게 일감을 던져줬다. 재미있는 일은, 선에게 경제력이 생기자 남편의 분노조절장애가 고쳐졌다는 점이다. 요즘은 논술 교사로 다시 커리어를 시작했다.

선이 사는 여수에서 혹은 서울에서 우리는 다시 만나고 있다. 그리고 선은 다시 미래를 말하기 시작했다. 여전히 그는 만만치 않은 시가 스트레스와 유난스러운 두 아들을 키우는 엄마지만, 자기 자신만의 오롯한 삶을 꿈꿔가기 시작한 것이다.

소설 속 82년생 김지영 씨처럼 우리도 사는 동안 여러 번 다른 사람이 될지도 모른다. 세상이 나를 나로 살게 내버려두지 않기 때문이다. 그럼에도 불구하고 우리는 자꾸 원래의 자기를 찾아가야 한다. 역할에 매몰되지 않고 진정한 자기 자신으로 살아갈 수 있을 때 비로소 그 인생은 나의 것이 되니까.

―――

당 신 에 게 도
불 편 한 세 상

"언니, 내 남자친구는 2호선 지하철을 못 탄대. 왠지 알아? 몇 번 성추행범으로 몰린 경험이 있어서. 만원 지하철이라 어쩔 수 없는 상황이었는데. 그 후론 지하철 트라우마가 생겼대."

대중교통을 이용할 때마다 종종 겪는 여성의 불편한 상황에 대해 얘기하던 중 H가 뜬금없이 남성이 겪어야 할 고충도 무시할 수 없다며 꺼낸 이야기였다. H의 남자친구는 나도 몇 번 만나본 적이 있어 잘 알고 있었다. 좋게 말하면 둥글둥글하고 통통한 체격이었지만, 나쁘게 말하면 '오해 사기 딱 좋은' 외모랄까.

"우리나라는 외모에 대한 편견이 너무 심한 것 같아. 남자친구는 그냥 아무 생각 없이 서 있었을 뿐인데, 갑자기 앞에 있던 여자가 찡그리면서 쏘아보더니 '어딜 만지는 거예요?' 하더라는 거야. 사람들은 다 쳐다보지, 순간 머릿속이 하애져서 어쩔 줄을 모르겠더래. 그 얘기 들으니까 좀 불쌍하더라고."

내 남편에게도 비슷한 경험이 있었다. 한때 다이어트를 한다고 새벽마다 공원에서 걷기 운동을 할 때가 있었는데 하루는 무심코 휴대폰을 보면서 걷고 있었다고 한다. 그런데 대뜸 앞서 걷던 여자가 휴대폰으로 자기를 찍은 것이 아니냐며 경찰까지 불러서 확인해보자고 했단다. 당연히 아무것도 발견되지 않아 오해가 풀렸지만, 불쾌함을 지울 순 없었다고. 집에 돌아와서 세상 억울한 표정으로 하소연하는데 내가 해줄 수 있는 말은 별로 없었다.

심정적으로는 공감이 되었다. 아무 생각 없이 만원 지하철에 끼어 탔던 H의 남자친구나, 아무 생각 없이 새벽의 인적 드문 공원에서 휴대폰을 보며 운동을 했던 내 남편이나 그들이 무슨 죄가 있겠는가. 죄가 있다면 한 가지. '아무 생각이 없었다'는 것.

근본적으로 이 세상은 천국이 아니다. 그런데 가부장 사회 속에서 자라난 수많은 평범한 남성들이 그것을 아주 나중에야 깨닫고 당혹스러워하는 것을 본다. 대부분의 여성들에게 만원 지하철은 아무 생각 없이 편하게 머물 수 있는 곳이 아니고, 인적 드문 새벽 공원은 호젓하고 낭만적이기는커녕 엄청난 담력을 필요로 하는 곳이다. 생각해보면 참 재미있지 않은가. 인간의 절반은 아무 생각 없이 편하게 행동할 수 있는 천국을, 나머지 절반은 언제 누가 해칠지 모르는 지옥으로 생각한다는 게. 똑같은 공간을 두고서 말이다.

난 H에게 말했다.

"억울하긴 했겠다. 그런데 뭐…… 어쩔 수 있나. 계속 불편하게 살아야지."

다리를 쩍 벌린 채 내 자리의 절반을 차지하고 앉아 있는 남자에게 불순한 의도가 있다고는 생각하지 않는다. 하지만 타인의 공간을 존중하기 위해 내가 오므리고 있는 것만큼 그 남자도 신경써줬으면 좋겠다. 사람을 턱턱 치고 지나가며 한마디 사과도 하지 않는 할아버지가 세상을 향한 적대감으로 저런다고 생각하고 싶지 않다. 하지만 사람 많은 공간을 걸을 때에는 상대방의 동선과 밀도를 생각해서 조심해

췄으면 좋겠다.

여자들은 살아오면서 몸으로 체득한 조심성이, 남자들에게는 전혀 탑재되어 있지 않음을 처음 알았을 때 조금은 억울한 마음도 들었다. 참다 참다 불편함을 이야기하면, 당황스러워하면서 도리어 화를 내는 남자들도 많았다. 자기는 그럴 의도가 없었는데, 네가 예민한 것 아니냐는 식이었다. 비뚤어진 감정들은 종종 여혐으로 향하기도 했다.

여자들이 코르셋을 꽉꽉 조일 동안 그들은 조심할 필요가 없는 세상에서 살아왔구나. 그게 당연한 줄 알고 있으니 여자들이 겪는 불편함이 눈에 들어오지도 않았겠구나. 그러니 지하철의 여성 전용칸을 없애라고 난리고, 여성가족부는 동네북이며, 각 대학마다 총여학생회가 폐지 수순을 밟고 있는 거겠지.

세상이 험하니 몸가짐을 바르게 해야 한다든지, 밤늦은 시간에는 돌아다니면 안 된다든지, 노출 심한 옷을 입지 말라든지 등등 여자들에게 요구되는 것들을 보면 모두 피해자 혹은 피지배자에게 요구되는 사항들이다. 뭔가 일이 생겼을 때 오롯이 피해자 탓으로 돌아오는 이유다. 험한 세상을 살기 좋게 만들어야 할 일이고, 자유롭게 행동해도 공격을 받아서는 안 될 일이며, 노출이 심하든 말든 강간을 하면 안 된다는 것이 먼저 요구되어야 할 사항 아닌가.

차별은 불편한 것이다. 차별을 당하는 쪽은 물론이고, 차별을 하는 쪽도 마찬가지다. 차별로 인해 기능하지 못하는 부분을 메워야 하기 때문이다. 애초에 운동장을 기울어지게 만들면 안 되는 것 아닌가. 평평한 운동장에서는 내가 너의 우위에 설 수는 없으나 모든 사람이 함께 자유롭게 뛰어다니며 공간을 누릴 수는 있다. 누가 누구 위에 군림해서 달콤한 우월감을 즐기는 것이 다 같이 행복한 세상을 만드는 것의 우위에 설 수 없다는 얘기다.

적어도 당혹스러움과 불편함을 느낀다는 사실 자체만으로도 긍정적인 여지가 있다. 불편하면 그 상황을 바로잡기 위해 변화의 의지가 생기기 때문이다. 사람 많은 지하철에서 몸을 조금은 움츠릴 줄 알게 되고, 어두운 밤거리에서 홀로 걷는 여자가 느낄 두려움을 감안하여 얼마간의 거리를 두는 배려를 알게 된다. 한쪽에서만 감당하던 불편함의 짐을 나눠 지게 된다고 해야 할까.

"험한 세상 살다 보면 이런저런 일이 있기 마련이지. 네 남친도 앞으론 몸가짐을 조심하는 수밖엔 없어. 조신한 남자가 최고다. 알지?"

진심을 담은 우스갯소리로 대화를 마무리했지만, 나도 안다. 그런 일은 없을수록 좋다는 걸. 누가 누굴 해치고, 오해하고, 상처받고, 억울해하고. 그런 일은 여자에게든, 남자에게든 일어나지 않기를 바란다.

아주 먼 미래, 그렇게 서로의 짐을 나눠 지고, 차별이 조금씩 사라지고, 기울어진 운동장이 균형을 찾는 그때. 비로소 아무도 불편하지 않은 사회가 가능할지 모른다. 아직은 까마득하기만 하지만.

───

너 의 발 톱

솔직히 고백하면, 연예 뉴스는 그저 가십이라고 생각한다. 그러니까 말초신경을 자극시키는 팝콘무비 같은 것. 진실은 10퍼센트도 안 된다. 알아봤자 내 시간과 감정만 소모시키는 마이너스 역할만 할 뿐이다.

연예인 구하라 뉴스도 그랬다. 또 찌라시 하나 나왔네. 제대로 읽지도 않았다. 소파에 비스듬히 누워, 가슴팍에 머리를 폭 파묻은 고양이를 쓰다듬으며 휙휙 스마트폰의 스크롤을 내렸다. 언뜻 본 사진에서 남자친구의 눈 주위가 심하게 긁힌 것을 보고 '구하라 성격도 보통이 아니구나' 하고 잠시 생각하기도 한 것 같다. 그래도 그렇지, 할퀸 상처 정도 가지고 입원에 고소라니 오버가 심하네, 이 남자. 뭐, 그런 생각도.

그러다 문득 내 품에 안긴 고양이를 바라보게 되었다. 지금 이 순간만큼은 온몸을 나에게 맡기고 순하게 늘어져 있는 이 아름다운 고양이에게도 발톱이 있다. 평소에는 주인에게 드러내는 일이 좀처럼 없지만, 자기를 지켜야 하는 순간에는 그 작은 솜방망이 사이에서 마치 울버린처럼 날카로운 발톱이 짠, 하고 나온다. 고양이 키우는 사람 중에 저 발톱에 한두 번 안 긁혀본 사람이 있을까(목욕시키기 위해 물을 묻히거나, 쓴 약을 먹여야 하는 순간을 '자기를 지켜야 한다'고 오해하는 게 유혈사태의 원인이다).

그래봤자 5밀리미터 남짓한 작은 발톱이다. 솔직히 말해 앙증맞고 귀엽다. 제대로 긁히면 피 좀 볼 수도 있지만, 인간의 생명을 위협하는 수준은 아니라는 소리다. 그러나 인간은 약간의 힘으로도 고양이의 생명을 위협할 수 있다. 몸집 차이가 열 배는 되지 않은가. 저 작은 몸을 보호하기 위한 유일한 무기라는 걸 알기에 물리적으로 절대 우위에 있는 인간에게 가끔 일어나는 유혈사태는 정말이지 별일이 아니다. 대개는 "야! 아프잖아~" 칭얼거리고 넘어가거나, "우리 하리, 그렇게 무서웠어?" 하고 우쭈쭈 해주면 될 일이다.

구하라가 낸 상처를 보며 고양이 발톱을 떠올린 건 우연이었을지도 모르겠다. 그러고는 잊었다. 여느 연예인 가십뉴스처럼. 연애하다가 좀 싸울 수도 있지, 뭐 대단한 소식이라고 이 중차대한 시기에 검색어 순위를 도배하나. 뭐 그런 생각도.

그런데 전날 뉴스를 보고 아차 싶었다. 안일한 태도로 한심한 생각이나 하고 있던 스스로를 탓했다. 구하라가 본인 입으로 밝혔다. 동영상으로 협박을 받았다고. 세상에. 이제야 사건의 본질이 무엇인 줄 알겠다. 명백한 불법 동영상 촬영 사건이었던 것이다. 흔하디흔한 연예계 가십이 아니라 엄연한 범죄로 다뤘어야 마땅한 뉴스였던 셈이다.

"제 잘못을 압니다. 이유를 막론하고 죄송합니다. 또다시 구설에 오르고 싶지 않았습니다. 이런 일로 인터뷰를 한다는 게 부끄럽기도 했고요. 그래도 사실은 바로잡아야겠다고 생각했습니다. 다시 활동할 수 없다 해도, 아닌 건 아닙니다."

피해자인 구하라가 기자들 앞에 나와 허리 숙여 사죄하고, 경찰 조사를 받았다. 화려한 메이크업도, 조명도 없이 수많은 카메라들 앞에 홀로 선 그의 모습은 정말이지 작고 연약했다. 다시 찬찬히 뉴스를 찾아 읽고, 사건의 전말을 이해해나가기 시작했다.

둘은 한때 연인 사이였다. 도대체 어떤 면에 반했는지는 알 수 없다. 뭐, 외관상으로 충분히 매력적인 젊은이들이고, 젊은이들은 때때로 폭발하는 페로몬에 취해 진실을 오독하기도 한다. 유치한 소유욕과 잦은 싸움이 격정적인 사랑의 한 단면으로 묘사되는 것도 그 까닭이다. 결국 격정적이다 못해 서로의 몸에 상처를 낼 만큼의 다툼으로 이어졌고, 이는 감정의 양상도 다르게 변화시키기 마련이다. 여기까지는 여느 젊은 연인들이 경험하는 흔한 연애의 생로병사라고 해도 무방할 것이다. 문제는 그 이후부터였다. 남자는 평균 이하의 인성을 지닌 찌질한 인간이었고, 여자는 부와 명예 등 잃을 것이 많은 유명인이었다는 점. 아니, 싸우자마자 "연예인 생활 끝나게 해주겠다"고 뛰쳐나가서 바로 디스패치에 제보한 것을 보면, 성관계 동영상을 찍어 저장해둔 저의부터가 의심스럽다. 사랑을 하긴 한 거야?

"그는 동영상으로 저를 협박했습니다. 여자 연예인에게, 이보다 더 무서운 게 있을까요? 제가 낸 상처는 인정합니다. 처벌을 받겠습니다. 하지만 그가 준 또 다른 상처는요? 그는 협박범입니다."

언론에 공개된 CCTV 동영상에서 구하라는 자신을 때린 남자에게 무릎까지 꿇었다. 어떤 대가를 치러서라도, 할 수만 있다면 피하고 싶었을 그의 마음이 너무나도 이해가 되었다. 이미 우리는 ○○양 비디오 등으로 구설에 오른 여자 연예인들이 어떤 험로를 걸어야 했는지 잘 알고 있지 않은가. 이미 지로 먹고사는 연예인에게 엄청난 타격이었을 것이다.

"C씨 휴대폰에서 해당 영상을 발견했습니다. 분명히 지 웠는데. 무서웠습니다. 디스패치에 제보했을까. 친구들과 공 유했을까. 연예인 인생은? 여자로서의 삶은…… 복잡했습 니다."

어린 나이에 큰 성공을 거둔, 재능 있고 아름다운 여성. 그 런 구하라도 결코 남자 위에 설 수 없는 세상에, 우리는 살고 있는 것이다. 시정잡배만도 못한, 찌질한 양아치 같은 평균 이하의 남자놈에게 구하라가 입힌 타격은 고작 손톱으로 할 퀸 두 줄의 상처뿐이었다. 그걸 보고 너무했다고 말한다면, 구하라는 그 상황에서 어떻게 그 여린 몸을 지켜냈어야 했나.

다시 고양이를 생각한다. 온실 속의 화초 같은 나의 고양 이는 아마도 죽을 때까지 이런 보호 속에서 크게 발톱 쓸 일 없이 살아가겠지만, 길 위에 사는 고양이는 사정이 다르다. 자신을 지키기 위해, 영역을 침범하는 다른 짐승에게, 손을 뻗어오는 거대한 인간에게 기꺼이 발톱을 휘두르겠지만 대가는 참담할 터였다. 혹은 발톱을 가지고 있다는 잠재적 사실만으로도 못된 인간들로부터 공격을 받는다. 그 자세한 참상은 일일이 나열하고 싶지도 않다. 그런 고양이들의 처지에 여자들의 처지가 이입되는 건 너무 과도한 상상인가. 그 큰 몸집을 한 남자가 윽박지르고 폭력을 휘두를 때 여자가 취할 수 있는 조치는 제한적이다. 그 최소한의 조치만으로도 다시 백래시의 칼날이 되어 돌아올 수 있다는 것을 잘 안다.

고양이가 솜방망이 같은 작은 발 속에 숨긴 날카로운 발톱, 아무리 약한 여자라도 그 정도는 품고 살 수 있다. 인간인데, 당연하잖아? 연인관계인 두 사람의 싸움 중에 남긴 손톱 자국에 온 국민이 들고일어나 비난을 퍼부을 일은 아니란 말이다. 그걸 경찰에 신고하고 동영상으로 협박할 일은 더더욱 아니고 말이다. 저지른 일에 비해 구하라는 육체적·사회적으로 엄청난 타격을 받았고, 앞으로도 당분간 고통 속에서 벗어나기 힘들 것이다. 양쪽 다 잘못이 있다며 아직도 중립론을 펴는 이들이 있을까. 누가 피해자인지 이렇게나 명백한데?

어쨌든 구하라는 두려움을 넘어서기로 결심한 듯하다. 연예인으로서의 삶을 포기하는 한이 있더라도 인간으로서의 삶은 포기할 수 없기에. 진심으로 그를 응원한다. 너무 두려

위하지 말라고. 네가 잘못한 건 하나도 없으니까. 가까이 있다면, 여전히 너는 빛나고 재능이 넘친다고 말해주고 싶다. 연예인으로서는 고통스러운 일이 되겠지만, 인간으로서는 더욱 단단해지고 스스로에게 진실해지는 계기가 되기를.

모 욕 에 대 해
생 각 하 다

사회생활을 처음 시작할 즈음이었다. 대학을 갓 졸업한 이십 대 중반의 여성은 어떤 직장에 가든 꽃 같은 존재가 되기 마련이지만, 유달리 날 예뻐하던 팀장님이 있었다. 삼십 대 후반 아니면 사십 대 초반의 노총각이었던 걸로 기억한다. 그로부터 배운 사회생활 스킬이 있었는데, 이후에도 매우 유용하게 써먹었던 기억이 난다. 불쾌한 외모 지적에 대처하는 방법. 바로 '그러게요' 전술이다.

—너 코 밑이 그게 뭐야. 수염 난 줄 알았네.
—그러게요. 면도라도 해볼까 봐요.

―김 대리, 요새 살 좀 붙은 것 같아.

―그러게요. 어쩐지 요즘 입맛이 너무 좋더라.

발끈하거나 당황스러워하면 상대방을 민망하게 만들 수 있으므로 유연하게 넘기거나 유머로 승화하여 분위기를 부드럽게 만드는 방법이다. 사실 어떻게 대처하든 불쾌함을 소화하는 건 나의 몫인데, 저렇게 하면 적어도 '성격 좋다', '사회생활 잘하네' 정도의 평가는 들을 수 있다. "어딜 가더라도 사랑받을 타입"이란 찬사는 덤이다.

생각해보면 살아오는 동안 남자 어른들로부터 얻은 지혜는 모두 피지배층으로서 갖춰야 할 자세에 관한 것들이었다. 주방에서 요리하거나 설거지를 할 때 소리를 내면 안 되었다. 무슨 대단한 잔칫상이라도 내온다고 요란을 떠느냐고 야단을 맞았다. 과일 꼬다리, 생선 뼈다귀에 붙은 살점을 기꺼이 처리하지 않으면 여자로서 센스 없다는 소릴 들었다.

아버지에게 거의 유일하게 칭찬을 받은 적이 한 번 있었다. 퇴근하고 집에 가는 길, 근처 횟집에 아버지와 친구분이 술을 먹고 있길래 인사하다 잠깐 자리에 앉았는데, 친구분이 호쾌하게 웃으며 소주 한 잔 마시고 가라 자꾸 권했다. 아버지는 내가 소주 한 잔에도 홍당무가 될 정도로 술에 약하고, 별로 안 좋아하는 걸 알고 있었다. 혹시라도 "아, 저 잘 못 마시는데……" 하며 뺄까 봐 조마조마했을 것이다. 이미 사회생활 초년생이었던 나는 어른이 주시는 술잔을 어찌 처리해야 하는지 정도의 감은 장착한 상태. 망설임 없이 "감사합니다" 하고 웃으며 받아 마셨다. 내가 떠난 후 친구분은 아버지에게 "딸이 싹싹하고 예쁘다"며 침이 마르게 칭찬했다고 한다. 메이크업에 치마 정장을 입은, 비교적 준수한 외모 상태였던 것도 그 칭찬에 한몫했을 것이다.

직업의 특성상 유난히 낯선 사람 만날 일이 많았다. 특히 나이 많은, 성공한 남성들. 그들 앞에 젊은 여성으로서 어떤 포지션을 취해야 부드러운 분위기가 연출되는지 본능적으로 깨달아갔다. 안 웃긴데 웃고, 영혼 없이 고개를 끄덕이고, 구역질나는 허세에 감동받은 척하고, 과하지 않게 나를 낮추고 상대방을 높이는 방법 같은 것들. 나중엔 굳이 노력하지 않아도 저절로 그리 되었다. 아주 가끔은 착각할 때도 있었다. 저 사람은 나를 한 사람의 인간으로 보아주는 것 아닐까. 그래, 성별이 달라도 친구가 될 수 있을지도 몰라. 그럴 리가. 헛된 희망의 끝은 늘 캄캄한 절망(=성추행 or 성희롱).

나는 희망을 버렸다. 남성들 앞에서는 자연스레 마음을 닫았다. 남자들에게 기대를 걸지 않게 되었다.

최근 터진 미투운동과 관련된 사회 분위기 속에서 나는 일부 남성들의 실망스러운 태도에 그리 놀라지 않았다. 그럴 수밖에 없는 게 애초에 기대도 없었으니까. 간간이 잡히는 남성들과의 술자리에서 가끔씩 관련된 화제가 나오면, 의도적으로 피했다. 대충 답하거나 절박하게 다른 생각을 하며 '안 들린다' 최면을 걸었다. 그들의 개소리로 인해 내 평온한 내면이 분노와 절망으로 흥분되는 걸 원치 않았기 때문이다.

딱 한 번, 발끈한 적이 있다. 배우 조민기가 자살한 날이었을 거다. "요즘 뉴스가 얼마나 자극적인지 몰라요. 취지는 좋지만, 사람이 죽는 건 좀 아니잖아. 앞으로 얼마나 더 큰 희생이 있어야 돼? 솔직히 안희정 건만 봐도 그래요. 아무것도 모르는 이십 대도 아니고 배울 만큼 배운 서른 넘은 여자가 네 번이나 당했다는 게 말이 돼? 난 그거 그냥 불륜 같던데. 사람이 악의가 있어 뵈더라고."

안 그래도 기분이 안 좋았는데 옆에서 지껄이는 개소리에 밥맛이 떨어졌다. 젓가락을 딱 놨는데, 하…… 소갈비였단 말이다. 고기가 너무 맛있어서 먹긴 먹어야겠는데, 옆에서 자꾸 밥맛 떨어지는 소릴 하고 앉아 있고. "글쎄요. 난 안 당해 봐서 모르겠지만……"이라는 서두로 또 개소리가 계속되려는 찰나 말을 잘랐다.

"저는 당해봐서 알거든요."

나와 비슷한 연배의, 배울 만큼 배웠다는 남성은 "아, 네" 하고 시선을 돌리며 더 이상 말을 꺼내지 않았다. 속으로 무슨 생각을 했을지, 내 알 바 아니었다. 다시 맛있는 고기를 냠냠. 그거면 됐지. 너희들한테는 애초에 기대한 것도 없어.

아, 좀 더 유연하고 부드럽게 넘길 수 있었는데, 왜 발끈했을까. 다음 날 그런 후회를 살짝 한 건 사실이다. 다음부턴 입 닫고 있어야지. 얘기한다고 달라지는 것도 없고, 내 이미지만 나빠질 뿐인데. 뭐, 그런 생각들.

그런데 잘 모르겠다. 며칠 전에도 그런 일이 있어서 꾹 참았다. 사십 대 후반 남자 셋과 이삼십 대 여자 셋이 모인 자리였다.

"요새 미투 때문에 여자들하고 술을 못 마시겠어. 어디 무서워서 얘기라도 하겠어?"

'아, 아, 안 들린다 안 들린다.'

웃으며 대꾸하지도 고개를 끄덕이지도 않았지만, 발끈하

거나 바로잡지도 않았다. 그냥 무표정으로 먼 산만 바라봤다 (때로 남성들은 그 정도만으로도 거부당한 모욕감을 느낀다. 개복치도 아니고 예민들 하셔). 신이여, 이 개소리가 얼른 지나가도록 화제 전환을 해주시옵소서. 더불어 저 개새끼와는 다음에 눈이라도 마주치는 일 없도록 하시옵소서. 오늘 충분히 똥 밟은 거 같거든요.

꼰대 남성을 대하는 최선의 방법은 최대한 피하는 것. 우리 중 가장 나이 많은 언니의 지인들이었다. 나는 이십 대 동생을 데리고 둘이 먼저 자리를 나왔다. 저 언니는 어쩌다 저런 사람들과 친해졌을까. 속으로 혀를 차기도 했다.

그런데 나중에 얘기를 들었다. 그 후에 그 꼰대와 다른 술자리에서 맞닥뜨린 언니가 제대로 사과를 받아냈다는 걸.

"지난번에 내 동생들 왔을 때 했던 여자 무시 발언들 사과하라고 했어. 그게 무슨 무례냐. 여기 사람들 있는 데서 사과하라고 공개적으로 말했어. 진심인지는 모르겠지만 열 번쯤 미안하다고 말하긴 하더라. 자기가 여동생도 있고 뭐 가족관계 막 얘기하면서, 자긴 여자 무시하는 사람 아니라면서 엄청 말이 길더라. 나 미친 여자 같았을 거야."

아, 이런 멋진 여성을 보았나. 그 순간 나는 자신이 너무 비겁하게 느껴졌다. '남자들은 다 그렇지 뭐.' 체념 반 포기 반,

위선적으로만 대해온 나와 달리 술자리도 좋아하고 남자 선배들과 두루 친하게 지내는 언니는 실제로 깊이 있는 인간관계를 맺고 그 안에서 상처받고 깨지는 걸 기꺼이 감당하고 있었다. 다음 날 나는 언니한테 전화를 했다. 그날 그 술자리로 언니는 오랜 기간 맺어왔던 귀한 인간관계 하나를 끝내야 했고, 그로 인한 스트레스로 며칠 제대로 먹지도 못하고 위경련까지 앓았다고 했다. 언니도 두려웠던 것이다. 그게 얼마나 대단한 일인지 나는 잘 안다.

남자들을 싫어하지는 않는다. 나와 다른 성을 지닌 인간의 매력과 개성을 존중한다. 때로는 강력하게 이끌리기도 한다(그러니 연애도 하고 결혼도 했지). 인간 대 인간으로 동등하게 교류할 수 있다면 얼마나 좋을까 생각한다. 그런데 그건 여자가 피지배층의 포지션을 가지고 있는 이상 언감생심이다. 그런 걸 바랄 수 있는 위치도 아니고 자격도 없는 셈이다. 남자가 허락해주지 않으면 불가하다.

그래서 고민이 깊어졌다. 포기하는 것이 옳은 것일까. 아니면 어떻게든 인간 대 인간으로 생산적인 관계를 맺을 수 있기를 기대하고 끊임없이 시도해야 하는 것일까. 아직도 잘 모르겠다. 그러기엔 세상에 꼰대가 너무 많은걸. 극소수의 남성들을 제외하고는 너무 추하고 재미도 없어. 견디기가 힘들 정도로.

살면서 수많은 성폭력에 시달려왔다. 기억에도 안 남을 사소한 성희롱부터 십 수 년 나의 멘탈을 너덜하게 만든 심각한 성폭력까지 가지각색이다. 거기에 굴하지 않고, 강하고 멋지고 아름다운 여성으로 홀로서기 위하여 내가 무엇을 할 수 있을지 고민해봐야겠다. 미움과 분노, 복수와 같은 응어리를 넘어서 보다 현명한 방법이 있을 거야. 나는 충분히 강하다. 그렇게 혼자 되뇌며 나는 매일 세상과 만난다.

그 남 자 가
범죄를 추억하는
방   식

어느 날, 그에게서 메일이 도착했다.

"잘 지내니? 시간도 오래 지났으니 부담 갖지 말고 연락해라. 우연히 옛날 메일을 읽었는데 그래도 우리가 쌓은 추억이 영화 한 편은 되겠더군."

새벽 두 시, 감상에 젖은 초로의 남자가 보낸 몇 줄의 짧은 문장. 늦은 밤, 술도 좀 들어갔을 것이고, 혼자 술잔을 기울이고 있자니 외롭기도 할 것이고. 아련하게 옛 추억을 곱씹으며 센티멘털한 감성에 젖어들었겠지. 그래서 메일함을 뒤지고 뒤져 무려 십 년 전 직장 후배와 주고받은 메일을 빌미로 연락을 한 거겠지.

미친 거 아냐.

발신자 이름을 본 순간부터 설마 했다. 길지도 않은 개소리에는 욕부터 육성으로 쏟아져 나왔다. 세상에, 이렇게 기분이 더러울 수가. 똥물을 뒤집어쓴 기분이란 게 이런 걸까. 본능적으로 삭제 버튼을 눌러버렸다. 처음 느낀 감정은 십 년만에 찾아온 말로 표현하기 힘든 불쾌함과 분노였다.

이십 대 시절, 잠시 방송작가로 일할 때 그는 나의 상사였다. 마초적이고 싸가지 없는 다른 PD들과 달리 감성적이고 배려심 많았던 그가 내 직속 상사인 것이 다행이라 생각했다. 업무 스트레스가 상당했지만, 그는 방패막이가 되어주었다. 당시 회사생활이 그럭저럭 만족스러웠던 이유는 팔 할이 그 덕분이라 해도 과언이 아니다. 같은 팀이었으니 당연히 같이 식사할 일도 술을 마실 일도 많았는데 대화도 썩 잘 통하는 편이었다. 그래, 여기까지 얘기하면 '좋은 추억'으로 간직할만한 여지가 많다고 생각할 수 있겠다.

문제는 끝이었다. 아무리 과정이 좋았어도 최악의 이별을 한다면 그 관계는 좋은 관계로 기억될 수가 없는 법이다. 회사를 관두게 되었을 때 내가 몸 둘 바를 모를 정도로 간절하게 만류하던 그를 기억한다. 비싼 바에 데려가 와인을 사주고, 뭔가를 먹일 때도 그저 호의라고 생각했다. 술도 많이 마셨는데 자꾸 쉬고 가라고 붙드는 걸 정신력으로 뿌리쳤지만 어느새 나는 몸을 가누기도 힘든 상태가 되었다. 결국 그는 대리기사를 불러 나를 데려다주겠다고 했고, 그 차 안에서 강제 키스를 했다.

사실 자세한 기억은 나지 않는다. 아주 길었던 것 같기도 하고 잠깐이었던 것 같기도 하다. 갑갑하고 어지럽고 혼란스러웠다. 그 와중에 차에서 내릴 때는 "안녕히 가세요" 하고 깍듯하게 인사까지 했다. 집에 들어가기 전 주저앉아 조금 울었다. 하, 왜 이렇게 술을 많이 마셨을까 자책을 하기도 했지만, 무엇보다 분명한 건 기분이 몹시 더러웠다는 사실이다.

다음 날 정신을 차린 후 나는 그 일에 대해 항의하고 다시는 인연을 이어가고 싶지 않음을 분명히 했다. 이미 회사도 관둔 상태였으므로 다시 얼굴 볼 일이 없기도 했지만 이후에는 그의 연락을 모두 무시했다. 메일로도 구구절절하게 써서 뭔가를 보냈던 것 같기도 한데 그때는 읽지도 않고 다 지워버렸다. 본인도 찔리는 게 있는지 몇 번 질척거린 뒤에는 더 이상 연락을 해오지 않았다. 그게 마지막이었다.

그러니까 그때 일은, 그리고 그 사람은 나에게 얼른 씻어

내고 싶은 더러운 기억으로 남아 있다. 나에게는 호의를 베풀었던 사람 좋은 직장 상사가 아니라 열 살이나 어린 여직원을 항거불능의 상태로 만들어 욕정을 채우려 했던 성추행범에 불과한 것이다.

그동안 잊고 살았다고 생각했는데, 아니었던 모양이다. 그의 이름과 메일 내용을 읽으며 그 더러운 기억이 생생하게 떠오르는 걸 보니. 삭제 버튼을 누르는 것만으로 기억을 다시 지울 수 있다면 얼마나 좋을까. 그러나 그가 다시 헤집어놓은 기억은 그날 이후로도 며칠을 내 마음속에 남아 일상을 엉망진창으로 만들어버렸다. 한국에서 여자로 살면서 당한 성추행이 어디 그것뿐이었겠는가. 또 그런 성추행을 당한 여자가 어디 나뿐이겠는가. 다만, 잊고 살려고 애쓰는 것뿐이다. 살아남기 위한 안간힘인 것이다. 그런데 다 지난 일을 가지고 잘 살고 있는 나의 평온한 일상을 헤집어놓다니.

계속 생각하다 보니 나중에는 분노보다도 의아함이 더 커졌다. 대체 무슨 생각으로 연락을 한 거야? 이제 와서 자기가 성추행한 옛날 부하 직원의 메일을 군이 찾아서 연락하는 심리가 도저히 이해되지 않았다. 자기가 성추행범이라는 자각이 전혀 없는 거야? 아니면 성추행이 범죄라는 사실을 인지조차 못하는 건가?

—자기가 저질렀던 성추행을 아련한 좋은 기억으로 생각하고 메일 보냈나 본데 정말 뇌내 망상 무섭습니다.

—그게 추행인지 몰라서 그래요. 한남들 대부분. 그러니 추행해놓고 꽃뱀 소리 하죠. 상대방 동의라는 게 뭔지 모르는 놈들.

—지난 일을 생각하면 왜 그때 제대로 대처하지 못했을까 괜히 자책하면서 기분만 더러워지죠. 시간이 지난다고 해결되는 게 아니라 잊었다가 가끔 또 생각나서 사람 속을 뒤집어놓음.

—성추행이나 성폭행이 로맨스의 시작으로 아는 이가 대부분입니다. 저는 이십 대 때 이런 이유로 사회생활을 제대로 못했어요. 그때는 제가 운이 지지리 없는 줄 알고 운명을 탓했고 그래도 착하고 바르게 살려고 했는데 그로부터 이십 년이 더 지나 그러면 안 되는 걸 제대로 알았지요.

주변에 이야기할 곳도 없고(왜 이런 일은 가장 친한 친구나 남편에게도 털어놓기 힘든 걸까), 너무 답답한 나머지 SNS 여성전용 네트워크에 하소연했더니 공감의 댓글이 죽 달렸다. 나보다 더한 경험을 한 여성들도 많았다.

똑같은 사건을, 남자와 여자가 이토록 다른 온도로 기억하는 세상이라니. 여기에 화성에서 온 남자니 금성에서 온 여자니 하는 헛소리는 적용하지 않았으면 좋겠다. 남자와 여자는 언어가 다르다고? 다르면 상대방의 언어를 배울 생각을 해야지 자기 식대로 해석하는 게 말이 돼?

일부 남성들은 여성을 자신과 동등한 사고능력과 행동력을 지닌 인격체로 보지 않으려는 것 같다. 그렇지 않으면 이토록 심각한 상대방의 처지와 감정에 대한 몰이해를 설명할 길이 없다. 아니면 자기 자신을 너무 높게 평가한 나머지 자신이 원하기만 하면 세상의 모든 여자를 가질 수 있을 거라 생각하든지.

지위나 상황을 이용해서 타인의 몸과 마음을 제멋대로 취하는 행동이 범죄라는 것을 반드시 인지해주었으면 좋겠다. 그 타인은 아름다운 여성일 수도 있고 무구한 아이일 수도, 성소수자나 노숙자일 수도 있다. 그게 누구든 간에 때리지도, 만지지도, 건드리지도, 무례하게 쳐다보지도 말란 말이다. 당신한테는 아련하고 아름다운 기억으로 남아 있을지 몰라도 그게 범죄라는 사실은 달라지지 않는다. 아니, 범죄를 그토록 일방적이고 자기 본위로 추억하는 멍청함이라니,

새삼 화가 난다.

이 말을 그에게 그대로 돌려주지 못한 채, 나는 책상 앞에서 분노의 타이핑을 치고 있다. 적어도 스스로에게 '너 왜 그랬어'라는 말을 하고 싶진 않아서. 나라도 내 편을 들어주고 싶어서. 그래서 나는 혼자 모니터 앞에서 화를 낸다. 분노의 언어가 가진 미약한 힘이나마 어딘가에 가닿기를 바라면서.

피 해 자 가
피해자다워야 하는
의 무 에 대 하 여

　안희정 사건의 1심 판결 뉴스를 보고 하루 종일 단전에
서 들끓는 화를 다독여야 했다. 그가 무죄란다. 감정을 최대
한 배제하고 판결문을 정독했다. 요약하면 이렇다. 이제 시
대가 변했으니 여성도 '성적 자기 결정권'을 지닌 성인이다.
우리나라의 '성폭력범죄 처벌 체계'하에서는 거부나 저항의
정도·증거가 부족해 이를 성폭력으로 볼 수 없다. 상대의 명
시적인 동의 의사 없이 진행된 성관계에 대해 처벌하는 'Yes
means Yes rule'이 도입되려면 우리나라 사회 전반의 성인식
변화가 필요하다.
　한마디로 피해자가 피해자임을 입증하지 못했기 때문이

다. 증거도 없고, 여자가, 진짜 '강간'을 당했으면, '해리'나 '긴장성 부동화' 또는 '심리적 얼어붙음' 현상에 처해 있어야 하는데, 너무 멀쩡하게 제 할 일을 하고, 일상생활을 해나갔기 때문이다. 충분히 고통스러워 보이지 않았기 때문이다. 당당하게 상사인 남성을 고발하고 당돌하게 언론에 나가 인터뷰까지 하다니. 피해자가 피해자답지 않았기 때문이다.

그 말은, 내게 곧 '여자가 여자다워야지'라는 말과 동의어로 들렸다. 여자는 여자답게, 피해자는 피해자답게. 그렇게 살지 않으면 죄인이 되는 세상. 그 말이 성폭력 그 자체보다 더 큰 상처와 낙인이 된다는 걸 왜 모를까.

이건 실제로 성추행과 성폭력을 경험해본 나의 입장에서 애기하는 거다. 팩트만 말하자면 재수 없어서 벌어진 일종의 교통사고 비슷한 거였다. 정조의 개념을 제외하고 이야기한다면 말이다. 나보다 힘이 세고 덩치가 큰 남성이 나의 몸을 '자기 마음대로' 하는, 아주 기분 더럽고 짜증나는 사건이다. 자전거 타고 가슴 만지고 도망가기, 버스 옆자리에서 팔짱 끼는 척하고 옆구리 더듬기, 사람 많은 수영장 물속에서 스윽 터치하기 등등 일회적인 성추행만을 애기하는 게 아니다. 성폭행도 마찬가지다. 다만, 대상이 차가 아니라 빌어먹을 인간이었을 뿐이다.

마치 교통사고를 당한 것처럼, 충분히 아파하고 그에 상응하는 치료를 받고, 주위 사람들에게 위로받고 그걸로 마무리가 되면 얼마나 좋을까. 물론 그때 아팠던 기억이 떠오를 때면 잠깐 소름이 돋기는 하겠지만 상처 한두 개쯤은 다들 떠안고 사는 거니까.

그런데 성폭력의 더 큰 문제는 자꾸만 자기가 피해자라는 것을 되새기고, 되새기고 되새겨야 한다는 점에 있다. 그 악몽 같은 시간이 끝나면 다시 원래의 자리로 돌아와야 하는데, 더 큰 고통은 그 이후에 시작된다.

"내가 진짜 괴로웠던 게 뭔 줄 알아? 다음 날 그 새끼를 만나서 밥을 얻어먹은 거야. 비싼 호텔 뷔페에서 그 새끼가 사주는 밥을 꾸역꾸역 먹으며 웃고 있던 나를 떠올릴 때마다 환멸이 느껴져."

거래처 직원에게 성폭력을 당했다는 J의 말에 나는 고개를 끄덕였다. 마음이 아팠다. 잘 보여야 하는 거래처 남직원이었고, 접대 차원에서 술을 많이 마셨는데 정신을 차려보니 그리 되었다고 한다. 당연히 J는 그놈과 '하고 싶지 않았다'.

혼란스럽고 황망한 가운데 다음 날, 밥이라도 먹자고 연락이 왔다. 증거도 없었고, 뭘 어째야 할지 모르는 상황에서 관계를 어색하게 만들면 안 될 것 같다는 생각이 들었다. 비싼 호텔 뷔페 레스토랑에서 만났고, 어제 일은 없었던 것처럼 일상적인 대화만 이어갔다. J도 최선을 다해 아무렇지 않은 척하다 나왔지만 대체 이게 무슨 상황인지 어안이 벙벙했다. 상황 파악은 뒤늦게 그 시간을 곱씹으면서 정리되기 시작했고, 고통의 시간도 그때부터 시작됐다. 내가 왜 그랬을까. 물이라도 끼얹어줄걸. 그 밥을 얻어먹고 뭐가 좋다고 웃었을까. 비싼 밥 사주고 웃으면서 만나기까지 했으니 쿨하고 깔끔하게 마무리됐다고 생각하겠지. 이 일을 어디 가서 떠벌리지는 않을까.

여기서 J는 명백한 성폭력 피해자이지만, 우리 법은 J 편을 들어주지 않을 것이다. 증거가 없으니까, 반항하지 않았으니까, 물리적으로도 다친 데가 없으니까. 게다가 웃으면서 같이 밥을 먹다니. 그래서 여자들은 입을 닫는다. 스스로를 탓한다. 속이 곪는다.

고작 아홉 살이었던 내게 칼을 들이대고 깔아뭉개고 성추행했던 그 아저씨에게 나는 '살려주셔서 고맙습니다' 허리 숙여 인사를 했다. 그건 진심이었다. 꼭 죽는 줄만 알았으니까. 내 입에 침을 넣고(그게 어찌 키스일 수 있으랴), 옷을 벗기고, 헉헉대며 이상한 행동을 한 것은 너무나도 괴로운 일이었지만 죽는 것보다는 낫잖아.

그렇게 살아서 돌아왔는데, 할머니와 엄마는 함구하라고만 당부했다. 아프지, 무서웠지, 이 나쁜 놈! 경찰서에 가자! 이럴 줄 알았는데 말이다. 그저 어리둥절했던 어린이는 나중에 그 일의 의미를 알게 된 후에 비로소 '피해자다움'에 대해서도 알게 된다. 학교에서 혼전순결의 의미를 배우고, 연애와 결혼의 존재에 대해 배우면서 '여자다움'에 대해서도 알게 된다. 진짜 고통의 시간도 그때부터 시작되었다.

나는 피해자인데 해맑게 웃고 있을 자격이 있을까. 내가 그런 일을 당했다는 걸 사람들이 알게 되면 어떻게 될까. 과연 남자와 사랑을 하고 결혼을 할 수 있을까. 나는 어쩌면 행복할 자격이 없는 것이 아닐까. 아, 차라리 죽을걸. 시간을 수십 번, 수백 번, 수천 번 되돌려 그때로 돌아간다면 그 새끼를 죽이고 나도 죽을 거야.

그런데 문득 이런 생각이 들었다. 그 목소리가 정말 내 안에서 나온 거 맞아?

그래, 죽고 싶다는 건 거짓말이다. 나는 살고 싶다. 그건 아홉 살 때나 지금이나 변함이 없는 진짜 내 마음. 나는 사는 것이 참 좋은 사람이다.

사고가 나서 장애를 갖게 될지언정 나는 살고 싶다. 이왕 사는 거 더 잘 살고 싶고, 멋지게 행복하게 살고 싶다. 아니, 이건 인간이라면 누구나 갖는 기본적인 생존 욕구다. 옛날 헌법에는 '부녀자의 정조는 때로 생명권보다 더 중요하다'고 했다지. 정말이지 세상의 모든 욕을 갖다 그 문구를 만든 자들에게 퍼부어주고 싶다.

　판사의 법리적인 해석이 틀렸다는 얘기가 아니다. 다만, 묻고 싶다. 당신이 할 수 있는 일을 다 한 것이 맞는지. 그가 판결문에도 명시했듯이 '상대방의 의사에 반하는 성관계를 처벌할 것인지의 문제, 즉 상대방이 부동의 의사를 표명했는데 성관계로 나아간 경우에는 이를 강간으로 처벌하는 체계'가 반드시 필요함에도 불구하고 이를 마치 공 돌리기 하듯, '입법정책적 문제'로, 나아가 '사회 전반의 성 문화와 성 인식의 변화가 수반되어야 할 문제'로 떠넘겨버린 건 아닌지. 과연 그는 평소 '사회 전반의 성 문화와 성 인식의 변화'가 필요하다고 생각하는 사람일까? 우리 주류사회에 그런 인식을 가지고 있는 이들이 과연 얼마나 될까.

　이번 판결은 그 공고한 장벽을 아주 적나라하게 우리 앞에 세워놓았다는 의미가 크다. 나처럼 '살고자 하는 의지가 매우 강한' 사람마저도 죽고 싶게 만드는 이 비뚤어진 성 문화와 성 인식의 사회가 여전히 공고하게 자리하고 있다는 것. 그 현실을 직시하게 만들었다.

"만약 내가 강간을 당할 위기에 처했어. 거기서 반항하거나 싫다고 말하면 나는 사회적으로든 육체적으로든 크게 다치거나 죽어. 그게 나을까, 강간을 당할지언정 안 다치고 살아남는 것이 나을까?"

뉴스를 보다가 울분을 참지 못한 나는 괜히 남편을 붙들고 극단적인 선택을 종용했다. 남편의 대답이야 당연하다. "상상하기 싫은 상황이지만 그래도 생명이 더 중요하지."

"그래. 강간은 그냥 폭력사고야. 가해자와 피해자가 명백한. 하지만 그 폭력을 저지른 놈을 처벌하기 위해서는 내가 다치거나 몹시 불행해야 돼. 사고가 일어났다고 사람이 인생의 모든 것을 걸고 불행해하거나 목숨을 버릴 필요는 없는데 말이야. 저 판결은 피해 여성들을 죽음으로 몰고 있어."

피해자면 피해자답게 살아. 까불지 말고. 진짜 싫었으면 더 강하게 거부했어야지. 싫다고 말해봐. 더, 더, 더. 실은 좋은데 싫은 척하는 거 아냐? 요즘 여자들은 정조 관념이 없어. 여자가 수치를 모르다니.

우리는 여전히 이런 쓰레기 같은 말들이 들려오는 세상에 살고 있다. 보수적인 판사의 판결문에서, 스승에게서, 학자에게서, 나를 낳고 키운 아버지와 어머니에게서, 친구들에게서…… 온 세상이 끊임없이 여자들을 내몬다. 숨죽이고 살라고. 사람이 숨을 안 쉬면 죽는다. 결국 죽으라는 얘기잖아?

제발, 여자들을 더 이상 죽음으로 내몰지 말아달라고. 그얘기를 하고 있는 거다. 정조고 나발이고 살고 싶다고. 피해자답게 사는 거 거부한다고. 사람답게 멋지게 좋은 거 다 누리면서 살고 싶다고.

"재판정에서 피해자다움과 정조를 말씀하실 때 결과는 이미 예견되었을지도 모르겠습니다. 저는 지금 부당한 결과에 주저앉지 않을 것입니다. 굳건히 살고 살아서 안희정의 범죄 행위를 법적으로 증명할 것입니다. 권력자의 권력형 성폭력이 법에 의해 정당히 심판받을 수 있도록 끝까지 싸울 것입니다."

걱정했는데, 김지은 씨의 입장문을 읽고 조금 안심했다. 그의 삶은 이미 걷잡을 수 없이 흔들리고 있을 게 분명하다. 부디 그 뿌리가 깊고 단단히 땅을 움켜쥐고 있기를. 위로와 응원의 마음을 담아 이 글을 보탠다.

앞의 내용은 2018년 8월, 안희정 재판 1심 선고 판결문을 토대로 쓴 글이다. 당시 이 글을 내 페이스북 계정에 올렸는데 놀라울 정도로 빠르게 공유되며 많은 댓글을 받았다. 그 정도로 나를 비롯해 많은 여성들을 분노하고 좌절하게 한 판결이었다. 2018년 수많은 미투 사건이 있었으나 결과는 참담하기만 했다. 화가 난 여자들이 거리로 쏟아져 나오고, 인생을 걸고 고발과 폭로가 이어지는 데도 백래시의 벽은 굳건하기만 한 것 같았다.

그러나 아무리 높고 두터운 벽도 시대의 흐름에 따라 조금씩 균열이 생기는 법. 지난 2월 1일에 나온 2심의 판단은 달랐다. 항소심 법원은 안희정에게 무죄를 선고한 1심을 깨고, 징역 3년 6개월을 선고하고 법정 구속했다. 판결문의 내용에도 많은 변화가 있었다. 항소심 재판부는 '동의된 성관계라는 안 전 지사의 진술을 믿기가 어렵다'며 위력에 의한 간음을 인정했을 뿐만 아니라 '김 씨가 사건 직후 성폭행 피해자라고는 볼 수 없는 행동을 했다'는 안 전 지사 측 변호인의 반론에 대해서도 '정형화한 피해자라는 편협한 관점'이라며 꾸짖기까지 한 것이다.

우리나라 법원이 맞나 싶어 얼떨떨했다. 어쩌면 세상은 보이지 않게 조금씩 진보하고 있는 것이 맞을지도 모른다. 그 미세한 진보를 놓치지 않기 위해서라도 우리는 계속 지켜봐야 한다. 그 시선과 목소리로 비로소 세상은 앞으로 나아가는 법이니까.

———
나 의 　삶 을
스 　스 　로
기 록 하 는 　일

　　나의 원래 직업은 잡글쟁이였다. 돈을 준다고 하면, 온갖
글을 다 썼다. 인터뷰 기사, 기획기사, 보도자료, 방송대본, 선
거 공보물, 카피라이팅 등등 전방위적 글쓰기의 달인이었다
고 할까. 아는 것도 없으면서 사교육이 나아갈 방향이 무엇인
지, 초등 4학년이 왜 중요한지, 알파맘이 되어야 하는 일곱 가
지 이유, 최신 건축 트렌드와 뷰티 트렌드 등등 전문가인 양
줄줄 쏟아냈다. 그런 부끄러운 글들이 내 이름을 달고 종이
아깝게 인쇄되어 세상을 부유하다가 공허하게 사라졌다. 헛
된 작업으로 번 얼마간의 돈은 그 시간을 살아내고, 인간 노
릇을 하는 데 소용을 다하고 어디론가 사라졌다. 오래 끊임없

이 글을 써왔으되 허무함이 극에 달했다. 누구도 원하지 않는, 오히려 해악에 가까운 글을 써온 일이 스스로에게 자랑이 될 리 없잖은가.

합정동에 여자들을 위한 공동 작업실을 만든 것은 '이제는 진짜 내가 쓰고 싶은 글을 써보겠다'는 의지를 실천하기 위한 최후의 장치였다. 참 이상한 일이다. 노트북만 있으면, 아니 종이와 펜만 있으면 언제 어디서든 할 수 있는 것이 글쓰기인데 글을 쓰는 공간을 만들고 나서야 비로소 진짜 내 글을 쓸 수 있게 되다니. 그때부터 깊은 고민이 시작됐다. 내가 할 줄 아는 건 글쓰기밖에 없는데, 대체 무슨 글을 써야 하지? 내가 뭘 좋아하지? 내가 제일 하고 싶은 이야기가 뭐야? 내가 제일 잘 쓸 수 있는 건 어떤 글이지?

원점으로 돌아간 듯한 기분이었다. 밖에서는 어떤 글이든 맡기기만 하면 척척 나오는 베테랑 자유기고가였지만, 정작 내 글을 쓰는 데는 이렇게나 서툴다니. "돈 안 나오는 글은 이제 못 쓰겠어" 하고 앓는 소리를 해봤자였다. 내게 글쓰기는 분명 돈벌이 수단, 그 이상의 의미라는 걸 잘 알고 있었으니까.

그래서 쓰기 시작한 게 바로 '자서전'이었다. 이걸 쓰겠다고 했을 때 주변 반응이 정말 재미있었다.

―그건 회장님이나 쓰는 글 아니야?

―너, 무슨 힘든 일이 있니?

―죽은 사람에 대해서나 쓰는 건 줄 알았는데…….

자서전(自敍傳). 말 그대로 나의 생애를 스스로 적은 글이다. 물론 《세계는 넓고 할 일은 많다》류의 자서전처럼 세상에 필히 알려야 할 위대한 업적이 있는 대기업 회장님이나 정치인들이 주로 내는 건 사실이다(그들이 과연 '스스로' 기록하였는가는 알 수 없지만).

그렇지만! 반드시 거창한 업적이 있어야만 그것이 기록할 만한 가치가 있는 삶이냐는 점에서 의구심이 생겼다. 게다가 내가 스스로 내 삶을 기록하겠다는 의지는 더더욱 존중받아 마땅한 것이 아니겠는가.

사실 깊게 생각해보지는 않았고, 조금은 충동적으로 시작했다. 시간 순서대로 대략의 목차를 짰고, 매주 수요일 저녁 일곱 시부터 두 시간 동안 한 편을 써내는 것을 목표로 했다. 쉽게 시작한 것과는 달리 이 작업은 내게 예상치 못한 큰 깨달음과 충격을 주었다. 그때부터 나는 자서전 쓰기 전도사가 되었다. 특히 피해의식에 젖어 있거나, 인생이 안 풀린다고 고민하는 친구들에게 자서전 쓰기에 도전해보라고 권하곤 한다. 자서전 쓰기는 세상의 그 어떤 명강의나 고전보다도 훨씬 더 큰 가치가 있는 것이라는 걸 알리고 싶었다.

자서전을 쓰면서 몇 단계의 변화를 거쳤다. 첫 단계 때는 신기함을 느꼈다. 태어난 순간부터 유년시절까지는 자라면서 주위들은 얘기로 기억을 재조합하게 되는데, 그 과정에서 한 번도 떠올린 적 없었던 기억의 한 조각이 툭 하고 삐져나온다. 마치 서랍 속에 처박아놓고 거기 있는 줄도 모르고 있었던 소중한 편지가 제 발로 기어나와 내 앞에 펼쳐진 느낌이랄까.

그렇게 한 편을 쓰고 나면 "와, 신기하다. 어떻게 그런 기억이 다 나?" 하는 칭송을 쉽게 들을 수 있다. 기억이란 건 사실 무척 주관적이라 내가 묘사한 기억은 나에게만 진실일 수도 있다. 그러나 그게 무슨 문제인가. 어차피 내 자서전인데. 내가 그렇게 기억하는 데에는 그럴 만한 이유가 있겠지.

두 번째 단계는 잊고 싶었던, 아주 오래 상처로 남아 딱지가 앉은 기억을 떠올릴 때다. 나는 이때 처음으로 아홉 살 당시 성추행당한 기억을 한 편의 에세이로 완성시켜보았다. 아주 오래전 이야기이고, 감추고 싶을망정 떠벌리고 싶은 주제는 아니었던지라 글로 적어본 것은 처음이었다. 사실 스무 살이 넘어서 처음 이 상처를 타인에게 고백했던 경험이 있다. 무려 십 년간을 입도 뻥긋 못하고 고여 있던 기억이 비로소 외부로 흘러나왔을 때 그 해방감을 분명히 기억하고 있다. 글은 말과 또 달라서, 해방감뿐만 아니라 그 일이 내 인생에 끼친 의미를 과거 시점과 현재 시점에서 재정립할 수 있었다. 겁먹고 고통스러워하던 어린 나와 정면으로 마주하고 나니, 현재의 내가 얼마나 성장했는지 선명하게 깨닫게 된 것이다. 더 이상 나는 작고 힘없는 어린애가 아니다. 나는 아동성폭력 피해자다. 그런데 그게 뭐?

물론 고통스럽다. 당시에도 그 글을 쓰고 북받치는 감정을 주체하지 못해 화장실에 달려가 울기도 했다. 그러나 거기까지. 과거의 나에 대한 연민은 그쯤에서 마무리되었다. 왜냐하면 나는 현생을 살아가야 하니까!

세 번째는 사적인 이야기가 어떻게 공적인 글쓰기로 발화되는가를 깨닫게 된 것이다. 나와의 약속이라고 해도, 누구 기다려주는 사람도 없는데 꾸준히 글을 써서 올리는 일이 그리 쉬울 리 없다. 내가 살아온, 사사로운 이야기 따위를 누가 궁금해한다고. 이런 생각까지 들 때면 정말 쓰기가 싫어진다. 엄청난 어려움을 극복했다거나 대단한 성취를 거둔 것도 아닌데……. 이런 생각을 할 때면 그나마 있던 자존감마저 뭉

개지는 기분이랄까. 그럼에도 불구하고 쓴다. 쓰다 보면 이야기에 어떤 맥락이 생긴다. 사춘기 시절의 방황 이야기에 골치 썩이는 자녀를 둔 엄마가 공감의 댓글을 달기도 하고, 청춘의 고민 이야기에 '나만 이유 없이 힘든 건 아니구나' 하고 위안받기도 한다. 역사는 세상의 모든 사사로운 이야기의 총합체가 아닐까. 내가 그 일부라는 것을 깨달을 때 비로소 내 이야기의 가치를 알게 된다.

내가 살아온 삶을 애정을 가지고 들여다보는 일. 나는 그것이 자존감을 높이는 가장 필수적인 관문이라고 생각한다. 여자로 살아오며 내 자존감은 늘 바닥이었다. 누군가 나를 좋아하는 사람이 있으면 '이런 나를 좋아하다니, 이상한 애야' 하며 밀어버리기 일쑤였고, 좋은 평가를 받을 때마다 과연 내가 자격이 있는지 그저 송구했다. 자서전 쓰기를 하면 자기 자신을 좀 더 잘 알게 된다. 잘 알아야 친해지고, 진정으로 사랑할 수 있게 된다. 여자로 살아오며 늘 자신을 낮추는 법만 익혀야 했던 내게 자서전 쓰기는 나를 주인공으로 인생사를 재정리해본 중요한 기회였다. 사실, 모든 이들은 자기 인생의 주인공이 아닌가. 나를 주인공으로 한 이야기 한 편이 이 세상엔 필요하다.

───

내　　　　　가
나 로 존 재 하 는
아　름　다　움

'나를 좋아하는 일이 왜 나에게는 이렇게 어려운 걸까. 다른 사람도 그런가.' 예전에 블로그에 뭐 이런 비슷한 글을 끼적인 적이 있다. 한때 '자존감'이 큰 화두였던 시절이 나에게도 있었다. 어렸을 때부터 하도 책을 읽어서 자아가 작은 편은 아니었는데, 자아존중감이라곤 없으니 내면이 자주 덜그럭거렸다. 어른이 되고, 세계가 넓어지고, 사람을 사귀고 하면서 그제야 깨닫게 된 것이다. 어쩜 나는 살면서 나를 좋아한 적이 단 한 번도 없잖아.

　본격적으로 나에 대한 공부를 시작한 것은 우습게도 실연의 상처를 극복하기 위함이었다. 스물세 살 때 만난 남자친구는 지금으로 치면 전형적인 '한남'이었는데, 시도 잘 쓰고 언변도 좋았다. 그러니까 한마디로 시 쓰는 한남에게 휘둘리던 그 시절은 내 인생에서 가장 자존감이 바닥을 치던 때였던 셈이다. 넌 이래야 해, 저래야 해. 어떻게 그럴 수 있어? 등등 나를 규정하는 많은 말들에 대항할 힘도 말발도 없었던 터라 속수무책으로 아이가 혼나듯이 듣고만 있었다. 그동안은 타고난 무딘 성정으로 그럭저럭 무난한 삶을 살아왔다면 전 남친의 교묘한 가스라이팅으로 아주 치열하게 자기 자신을 혐오하게 되었다고 할까.

그 괴로움은 난생처음 경험해보는 것이었다. 나는 내가 너무 싫은데, 왜 이렇게 싫은지 이유를 알 수 없었다. 그 이유를 알려면 나 자신에 대해 알아야 했다. 나는 왜 이렇게 게으른지, ○○○이라고 말해야 할 때 ×××라고 말하는지, 왜 남자친구가 무서운지, 왜 가족들은 나를 괴롭게 하는지 등등.

늘 그렇듯 고민이 있을 때는 책 속에 파묻히는 터라 그렇게 독서가 시작되었다. 처음에는 성격 유형에 관한 자기계발서부터 시작해서 MBTI 관련 책들을 많이 읽었다. 자연스럽게 융의 분석심리학에 발을 들였는데 이부영 교수의 분석심리학 시리즈 《그림자》, 《아니마와 아니무스》, 《자기와 자기실현》이 세 권은 지금까지도 내 인생의 책으로 남아 있다. 에리히 프롬의 《소유냐 존재냐》, 《자유로부터의 도피》, 《사랑의 기술》, 쇼펜하우어의 《인생론》에서도 정말 큰 도움을 받았다(지금 생각해보면 날 구원한 것은 항상 책이었다).

현경 교수에 대해 처음 알게 된 것도 딱 그즈음이었다. 《미래에서 온 편지》라는 얇은 책이었는데, 아무런 정보 없이 도서관에서 끌리는 대로 선택한 책 가운데 하나였다. 당시 그 책을 읽은 충격을 무엇이라 표현해야 좋을지 모르겠다. 나와는 비교도 안 될 정도로 엄청난 고난과 어려움을 딛고 일어선 강인함, 대단한 성공을 거두고 나서도 자기다움을 잃지 않는 올곧음. 그 가운데 가장 인상적이었던 것은 역시 '아름다움'에 대한 무한 긍정주의였다. 거울 속의 자신을 들여다보며 매일같이 "넌 예뻐. 넌 세상에서 가장 아름다워"라며 칭찬하자 실제로(남들이 느끼기에도) 아름다워지고 섹시해졌다는 믿지 못할 이야기. 더 놀라운 것은 그가 알려준 그 거짓말처럼 쉬운 방법을 나는 흉내조차 낼 수 없었다는 점이다. 거울을 보고 '넌 예뻐'라고 생각만 하는 정도로도 나도 모르게 눈을 피하게 되는 스스로를 발견하고 혼자 상처받았다. 당연히 입은 떼지도 못했고.

오랜만에 현경이란 이름을 다시 만났다.《서울, 뉴욕, 킬리
만자로 그리고 서울》이라는 책이었다. 현경 교수가 직접 쓴
책은 아니고, 그를 옆에서 지켜본 내 또래의 젊은 작가가 자
기 경험을 녹여서 써낸 자유로운 형식의 에세이였다. 나는 일
면식도 없는 사람이건만, 왜 오랜만에 만난 지인처럼 아련하
고 뭉클한 기분이 드는 건지 읽는 내내 입꼬리가 올라갔다.
그의 메시지는 십 수 년 전 읽은《미래에서 온 편지》나 현재
나 일맥상통했다. 죽어가는 것을 살아나게 만들고, 시들어가
는 것을 생생하게 만드는 법, 자신을, 타인을, 지구를 살리는
살림이스트가 되는 법, 그리하여 결국 아름다움이 세상을 구
원하게 만들 거라는 메시지까지 여전히 또렷했다.

"나 자신으로 존재하는 아름다움, 그 아름다움 안에서는
어떤 특질을 여성적이거나 남성적이라 이름 붙일 필요도 없
을 듯하다. 수용적인 태도, 따뜻한 돌봄, 이해와 배려, 흔히들
여성적이라 말하는 것들은 건강한 남성성에서도 발견되는
특성 아닌가. 또 흔히 남성에게 기대하는 창조하고 보호하고
무언가 추진하거나 추동하는 힘은 여성성에도 내재하는 것
이다." *

여전히 그녀의 이야기에는 깊은 동조를 이끌어내는 힘이
있었다. 부드럽고, 동시에 강인하고, 나이 들었으되 더 섹시

하고, 필요한 순간에 호기심과 용기를 한껏 발현시킬 줄 아는 사람. 그런 사람이 나라는 건 어떤 느낌일까.

아직 갈 길이 멀지만 나 또한 스스로를 긍정하는 데 많은 힘을 기울여왔다. 앞에 열거한 수많은 책들이 도와주었다. 자신을 혐오하던, 채 자라지 못한 어설픈 인간이 결국 스스로를 좀먹던 최악의 연애를 매듭지을 수 있었던 것도, 인생의 동반자를 만나 충만한 사랑이 뭔지 알게 된 것도, 내가 하고 싶은 일을 꾸준히 하는 것에도 용기가 필요하다는 것을 깨닫게 된 것도 모두 그 덕이라고 할 수 있겠지. 물론 거울을 보며 "넌 예뻐!"라고 당당하게 말할 수 있는 경지까지는 오르지 못했지만, 적어도 눈을 피하진 않는다. 흠, 이 정도면 괜찮지 않아?

책에서 가장 인상적인 부분은 자매애를 언급한 구절이었다.

"우리 세대에는 가부장제의 노예나 희생자가 되기를 거부하고 삶의 주인으로 살려고 애쓴다는 사실 자체가 수행이었어. 그런 친구들과 만나면 말을 많이 하지 않아도 서로를 이해할 수 있어. 그렇게 서로를 위로하고 도와가는 거지. 그렇게 자매애가 생겨난 거야."•

판단하지 않으면서 서로를 지지하고 힘이 되어주는 모임을 만들기 위해서는 너와 나의 이해를 넘어선 더 큰 목표를 공유하며 함께 바라볼 수 있어야 한다고 했다. 함께하는 프로젝트 같은 게 있어서 같이 일하며 서로의 관심이나 걱정, 정보, 꿈을 나누기도 하고 감정적인 지지를 쌓아나가기도 하고. 그런 식으로 함께 성장할 수 있는 환경을 만듦으로써 자연스럽게 우정과 신뢰가 생겨난다는 것!

쑴쑴이라는 공간에서 일어나는 일들이 현경이 말한 맥락과 통하는 것 같아 읽으면서 흐뭇했다. 여성이나 남성, 어떤 역할에도 구애받지 않고 내가 나로 존재할 수 있을 때 비로소 우리는 자유롭고 아름다워질 수 있는 것이 아닐까. 가부장제 사회에서는, 남성 중심의 조직이나, 관료주의 아래에서는 그게 불가능하다. 쑴쑴에 오는 많은 여성들이 직장이나 학교, 가정에서 받은 상처를 여기서 치유 받고 간다고 얘기하는 이유가 거기에 있는 듯하다.

내가 나로 존재하는 것만으로도 스스로를 아름답다 느낄 수 있는 순간이 있다. 살면서 그런 순간은 반드시 필요하다. 필사적으로 책에서 찾아내든, 그런 공간을 찾아가든, 그런 나를 있는 그대로 받아줄 사람을 만나든 간에 말이다.

• 현경 · 김수진 지음, 《서울, 뉴욕, 킬리만자로 그리고 서울》, 샨티, 2017.

———

내 몸의 주인으로
산 다 는   건

《마녀체력》의 저자 이영미 씨는 저질 체력에 고혈압까지
달고 살던 평범한 사십 대 워킹맘이었다. 그런 그녀가 오십
대가 된 현재, 트라이애슬론 경기에 열다섯 번이나 나가고,
열 번의 마라톤 풀코스를 뛰었으며, 미시령을 자전거로 오르
내리는 강철 체력의 주인공이 되었다. 대체 십여 년 사이에
무슨 일이 있었던 걸까. 자전거를 타고, 수영을 배우고, 달리
기를 하면서 체력을 키웠다는데, 과연 달라진 게 체력뿐이었
을까. 당연히 아니었다.

"체력 하나만 달라져도 인생의 많은 것들이 변한다"라고

작가는 말한다. 무엇이 어떻게 변했을지, 나는 선명하게 떠올릴 수 있었다. 나 또한 책만 파고들던 문과형 인간으로 그녀와 크게 다르지 않은 삶을 살아왔기 때문이다. 체력이 좋아진다는 건 단순한 의미가 아니다. 쉽게 지치지 않는다, 몸으로 할 수 있는 일이 많아진다 등등 예상할 수 있는 좋은 효과들이 다수 있지만 가장 큰 효과는 이것이 아닐까. 바로 내가 내 몸의 주인으로 살 수 있다는 것.

대부분의 여성들은 주체적으로 자신의 몸을 대하지 못한다. 자신의 몸조차도 타인의 시선에 의해 재단당하고 그 시선을 자신의 것인 양 착각하기도 한다. 아주아주 어린 나이부터 그렇다. 희고 고운 피부, 빨간 입술, 가늘고 길게 굽어진 눈썹, 흑단 같은 머릿결, 낭창거리는 허리, 베이글 몸매 등등 여성의 몸에 대한 수식어는 거의 압박에 가깝다. 대부분의 여자들은 지향해야 할 가상의 이상형과 자신의 몸을 죽을 때까지 비교하며 살아간다. 다이어트가 가장 대표적인 것이 아닐까. 160센티미터의 키에 45킬로그램 몸무게. 누군가의 노래가사처럼 아예 숫자로 박아놓은 가장 이상적인 여자의 조건을 보면 충분히 알 수 있다. 애초에 건강한 육체 따위는 여자에게 요구되지도 않는다는 걸. 저렇게 허약하고 마른 몸을 이상형이라고 자랑스럽게 떠벌리고 다니는 남자들이 대다수인 이 사회에 우리는 살고 있다는 걸.

학창시절 신체검사 때마다 체중을 재는 일은 모든 여자아이들에게 수치심과 좌절감을 안겨주는 연례행사였다. 우리는 모두 성장기였고, 1년 사이 저마다 키가 크고 살이 붙는 일은 축복받아 마땅한 자연의 섭리였다. 그런 성장기의 여자아이들에게 "넌 살 좀 빼야겠다"는 말을 서슴없이 하는 남자 선생님들은 대체 생각이란 걸 하고 사는 사람들이었을까. 타고난 말라깽이였던 나로선 은근한 우월감을 느낄 수 있는 연중 몇 안 되는 날이기도 했으니, 지금 생각하면 쓴웃음이 나온다.

여자아이들에게 "근력을 키워야 해", "더 강해져야지"라고 가르치는 어른은 아무도 없었다. 운동신경이 둔하고 달리기를 못하는 건 너무나도 당연한 일이어서 나는 그대로 그렇게 알고 컸다. 어렸을 때 기억 하나가 떠오른다. 부모님이 초등학교에 갓 들어간 남동생을 태권도학원에 보내기 시작했다. 남자답게 키워야 한다는 이유였다. 운동을 배우면서 동생은 재미를 느끼기 시작했다. 학원에서 배운 품새 동작을 집에 와서도 제법 그럴듯하게 재현해내기도 했다. 하얀 띠에서 시작해 초록 띠, 빨간 띠, 품 띠까지 승승장구 승급해가는 과정에는 온 가족이 한마음으로 기뻐했다. 음, 솔직히 고백하면 그때 나는 동생이 정말 부러웠다. 태권도가 너무나도 배우고 싶었다. 날쌔게 발차기를 하고 싶었다. 주먹을 확 내질러서 격파하는 느낌은 어떤 걸까, 꿈까지 꿀 정도로. 동생이 하는 동작을 어설프게 따라 하기도 했지만 결국 부모님에게는 '태권도 배우고 싶다'는 말을 꺼내지 못했다. "누나도 배우고 싶다고 해~" 도대체 뭐가 문제냐는 동생의 말에 나는 손사래를 치기까지 했다. 에이, 나는 운동을 못해. 나는 운동을 싫어해. 대체 그 목소리가 내 안에서 나온 것이 맞나.

대신 나는 피아노학원을 다녔다. 재미없었다. 당연히 실력은 늘지 않았고 일 년도 못 가 그만두었다. 다시 책으로 도피하기. 독서는 여자에게 어울리는 안전한 것이니까. 생각해보니 내가 그토록 엄청난 독서를 할 수 있었던 건 할 수 있는 게 그것밖에 없어서였네. 그러니까 그렇게 사는 동안에 운동을 통해 성취감을 느끼고 희열을 경험하는 일은 단 한 번도 생길 수가 없는 것이었다. 그걸 몰라도 대학에 들어가고, 연애를 하고, 사회생활을 하는 데에는 아무 지장이 없었다는 얘기다. 오히려 비싼 돈을 들여 머리를 하고, 적게 먹어 마른 몸매를 유지하고, 유행에 걸맞은 화장을 하고, 여성스러운 옷을 입는 것이 인생에 훨씬 더 도움이 됐다. 적어도 우리가 사는 이 사회에선 그렇다.

《마녀체력》의 저자가 처음 '체력을 키워야겠다'고 마음먹은 것은 지인들과 함께 간 지리산 여행에서였다고 한다. 웅장한 지리산을 앞에 두고 사람들은 두 갈래로 나뉘었다고 한다. "여기까지 왔으니까 정상 한번 밟아봐야지!" 설사 올라갔다 도중에 내려오더라도 호기롭게 등반을 시작하는 사람들, "에이, 난 힘들어서 못해" 하고 보성 녹차 밭으로 느린 걸음을 옮기는 사람. 당시 저질 체력이었던 저자는 당연히 후자였는데, 그렇게 평화로운 녹차 밭을 거니는 동안 속이 부글부글 끓어서 그 아름다운 풍경이 하나도 눈에 들어오지 않았다고. "나는 그럼 죽을 때까지 산 정상은 엄두도 내지 못하고 이렇게 살아야 하나!"

녹차 밭이 좋아서 선택하는 것이 아니라 산을 오를 체력이 없어 차선책으로 선택한 것에는 엄청난 차이가 있다. 내가 내 몸의 주인이 아니고, 몸에게 끌려 다니는 존재가 되어버리기 때문이다. 내가 감히 등산까지 할 수 있을까. 과연 내가 바다에 뛰어들 수 있을까. 과연 내가 자전거를 타고 20킬로미터를 달릴 수 있을까. 체력의 눈치를 봐야 하는 형국이다.

이영미 작가와 사례는 조금 다르지만 나도 여행을 통해 수영을 배워야겠다는 동기부여를 받았다. 터키 배낭여행을 할 때 3박 4일간 지중해 크루즈 투어를 했는데, 그 배에 탄 사람들 모두가 수준급의 수영 실력을 가지고 있었다. 바다 한가운데 배를 정박해놓으면 다들 겁도 없이 첨벙첨벙 바닷물로 뛰어들었다. 마치 동네 산책을 다녀오듯 저 멀리 있는 섬을 한 바퀴 돌고 오거나, 우주를 유영하는 것처럼 깊은 바닷속에서 둥둥 떠다니며 물고기들과 노는 모습이 부럽기만 했다.

결국 삼 년 전부터 수영을 배우기 시작했다. 다행히 집에서 가까운 곳에 수영센터가 생겨 주 3일 강습을 받기로 했고, 자유형부터 시작해 모든 영법을 섭렵했다. 지금은 발이 닿지 않는 깊은 바닷물에도 풍덩 뛰어들 수 있을 정도로 수준급이 되었고, 주변 사람들에게도 수영을 강력 추천하고 있다.

앞서 얘기했듯 나는 운동과 거리가 먼 인생을 살아온 사람이다. 운동신경이 좋다고는 생각도 해본 적이 없었다. 그러나 처음으로 내가 내 몸을 움직여 쉬지 않고 25미터를 가고, 50미터를 가고, 200미터를 수영해 가쁜 숨을 한번에 몰아 내쉴 때의 기분을 뭐라 표현하면 좋을까. 점점 긴장이 빠져나가더니 뻣뻣하던 몸이 자유롭게 속도를 조절하며 부력을 이용할 수 있게 되었을 때, 오리발을 끼고 스스로도 '빠르다'라고 느끼며 물살을 가를 때 그 희열은 어떤 책에서도 영화에서도 경험해보지 못한 것이었다. 그렇게 한 시간여를 운동하고, 뜨끈한 물에 샤워한 몸으로 수영장 문을 열고 나설 때 느껴지는 시원한 바람은 작은 포상 같았다. 내가 내 몸을 쓴다는 건 정말 멋진 일이야.

나는 이제 높은 곳에서 물속으로 뛰어내리기도 하고, 스쿠버다이빙 자격증을 따 해저 20미터까지 내려가기도 한다. 내 여행은 더 다채로워졌고, 삶은 더 풍요로워졌다. 다음엔 프리다이빙을 배울까, 어드벤스드 자격증을 딸까 고민을 하기도 한다. 물론 그 과정에서 크고 작은 상처를 입기도 한다. 어깨를 다치기도 하고 발목을 삐기도 하고, 팔꿈치에는 자전거 타다가 팔이 부러져서 생긴 기다란 수술자국도 있다. 그 상처들까지도 모두 내가 만든 나의 것이므로 자랑스럽기까지 하다. 내가 내 몸의 주인이 된다는 건 그런 뜻이다.

여름이면 바닷가에서 살다시피 해 내 피부는 늘 그을려 있고, 여행 다니며 동굴탐험을 하느라 발목 인대를 다쳐서 가끔 병원도 다니지만, 지금처럼 내 몸에 만족스러웠던 적은 없었다. 더불어 내 삶도 더더욱 만족스러워졌다. 내 몸의 주인이 될수록 세상을 즐길 수 있는 영역도 넓어진다. 삶이 내 편이 된다.

당연한 것이
당연한 세상에서

　최근에 페미니즘 독서모임을 새로 시작했다. 첫 번째 책은 수전 팔루디의 《백래시》. 무려 800페이지에 달하는 방대한 양이라 엄두가 안 나던 차에 돌아가며 발제를 하고 생각을 나눌 수 있어 내겐 무척 도움이 된다. 혼자 공부하며 혼자 고민하는 것보다는 훨씬 나아지리라는 기대도 있다.

　모임이 끝나면 간단하게 맥주 한잔하며 뒤풀이를 하는데, 무심코 남성인 회원에게 이런 말을 했다. "M씨는 페미니즘 책을 많이 읽으셔서 그런지 또래 남성분들과는 달리 확실히 대화가 통하네요."

　최근 혜화동에서 열린 시위와 관련해 친구들과 의견 차이가 있다는 얘기가 나온 직후였다. 여성들이 처한 불평등한 현실에 대한 이해가 전무한 그의 친구들 이야기가 그다지 낯설지는 않았다. 내 주위에도, 내 가족 중에도 그 정도의 사고 수준에 멈춰 있는 남성은 흔하디흔했다. 그런 와중에 M씨처럼 페미니즘 독서모임에 꾸준히 참여하며 여성과 비슷한 수준의 현실 인식 능력을 갖춘 남성을 보니 (조금 오버해서) 감개가 무량했다. 솔직한 심정으로는, '와우! 여기 페미니즘을 공부하는 남성이 있어요! 아직 이 세상엔 희망이 있나 봐요!'라고 세상에 외치고 싶은 것을 참고 덤덤하게 표현한 셈이었다.

그런데 내 옆에 있던 G씨가 다 들리게 던진 귓속말에 나는 조금 당황하고 말았다. "남자들에게 그런 크레딧 주지 마요. 버릇 나빠져요."

G씨 말의 요지는 이랬다. "남성들의 경우에는 아주 작은 의식적 행동에도 필요 이상의 크레딧이 주어져요. 의식 있다, 깨인 사람이다 등등. 알게 모르게 남자들은 우쭈쭈 해줘야 더 잘한다는 통념 때문에 여성들이 습관적으로 더 그렇게 표현하기도 하고요. 문제는 조금이라도 자기 의견에 반대하거나 제동을 걸면 바로 180도 태도가 바뀐다는 거예요. '너, 그렇게 나오면 네 편 안 들어줄 거야', '나는 이런 사람인데, 감히 그런 말을 해?' 뭐, 이런 식으로요. 유아인조차도 자기가 페미

니스트라잖아요."

　마주앉은 M씨도 고개를 끄덕였다. 딱히 그런 칭찬을 듣고 싶은 건 아니라며. 나는 머리를 한 대 맞은 기분이었다. 주변에 말 안 통하는 남자들이 너무 많다 보니, 너무 신선해서…… 대충 아무 말이나 주워섬겼고, 그 말에는 다들 고개를 끄덕였다.

　"맞아요. 너무 희소하니까 귀하게 느껴지죠. 맞는 말을 하는 건 당연한 건데 필요 이상의 칭찬으로 우쭐할 필요는 없잖아요."

　당연하다, 는 말이 심장에 와 박혔다. 오랜 시간, 사소한 것에도 감사할 줄 알아야 하고, 주어진 일에 만족해야 한다고 생각했다. 무엇이 나를 '당연한 것은 없다'고 생각하며 살게 만든 걸까. 어찌 보면 그건 행복의 디폴트를 최소한으로 낮추는 자기연민적 행위에 다름 아니었다.

　여기서 또 자기반성 타임(나는 진짜 반성하는 것만큼은 자신 있다). 아주 오랫동안 남자들을 대화 상대로 여기지 않았던 자신을 반성한다. 말이 조금이라도 통하는 남자를 만나면 신기하고 기특했다. 고맙기까지 했다. 그런데 그럴 수밖에 없었던 것이…… 정말 말 통하는 남자 찾기가 힘들었단 말이지.

말이 통한다는 건 이런 거다. 정치 문제든, 젠더 문제든, 인간관계에 대한 고민이든 어떤 얘기라도(상대방이 어찌 받아들일까 고민하거나 눈치 보지 않고) 허심탄회하게 털어놓을 수 있다는 것. 왜 저런 소리를 하는지 답답해하지 않아도 된다는 것. 어쩜 저런 소릴 할 수 있는지 화내지 않아도 된다는 것. 뒤집어 말하면 지금까지 내가 만난 남자들은 거의가 그랬다. 무섭거나, 지루하거나, 답답하거나, 혹은 셋 다.

내가 지금의 남편과 결혼까지 생각한 것은 처음으로 대화가 가능한 남자였기 때문이다. 남자랑 몇 시간 커피만 마시면서 수다를 떠는 게 가능하다니. 이 정도면 같이 살 수 있겠다 싶었다. 인터넷상의 '일부' 남성들의 고정관념과 달리, 여자가 남편감을 정하는 기준에 재력이나 외모가 차지하는 비율은 생각보다 높지 않다. 바라는 게 그리 많지 않다는 말이다. 대화만 통하면 된다고.

그래서 난 스스로를 행운아라 생각했다. 대화가 가능한 남편을 만난 것. 서로의 독립적인 삶을 지켜봐주고 응원해주는 동반자와 함께 살 수 있게 된 것. 누구에게랄 것도 없이 너무 감사했다. 그런데 이제 생각해보니 그렇다. 동반자라면, 당연한 것 아냐?

우리는 확률의 함정에 빠져 산다. 아무리 비상식적인 사람이 대다수라 할지라도 그게 당연함의 기준이 되어서는 안 된다. 말이 통하는 인간이 당연한 거다. 말이 안 통하는 인간이 상식 이하인 거고. 공감능력이 있는 것이, 소수자의 입장을 헤아릴 줄 아는 것이 당연한 거다. 스스로 수준을 낮추지 말자. 더 이상 실망하기도 지쳐서, 상처받기 싫어서 만족의 기준을 낮춰왔다면, 그래, 이해한다. 나도 그랬으니까. 그러나 한 번쯤은 생각해볼 일이다. 그것이 결국 당연함의 기준을 낮추는 결과로 이어지고 상식선이 무너지는 데 일조하게 된 것은 아닐까.

반대로 말하면, '남자는 원래 다 그래', '남자는 여자하기 나름이야'라는 식으로 남성들의 잘못을 면피하게끔 하는 말과 행동이 어떻게 보면 남성들에게 미안한 일이라는 거다. 여자와 똑같은 교육을 받고, 적절한 교양도 갖추고, 생각도 할 줄 아는 인간인데, 왜 필요 이상으로 낮추어보고 아이인 양 우쭈쭈 하느냐 말이다.

남자를 아이로 보지 말고, 인간으로 보는 연습이 필요하다. 성숙하게 행동하는 남자를 공연히 치켜세울 게 아니라 아무렇지 않게 대우해주는 게 오히려 상대방을 존중하는 행동방식인 셈이다. 반대로 아이처럼 행동하고(예: 앉은 자리에서

"물!" 하는 남자, 자기가 먹은 그릇도 치울 줄 모르는 남자), 분노조절에 서툰 남자(예: 'Girls can do anything'과 같은 문구에 예민하게 구는 남자)들이 아무리 다수라 하더라도 그들을 상식 밖으로 밀어놓는 자세가 필요하다.

부디 당신들 주변에는 상식이 비상식보다 많기를 바라지만, 그렇지 않더라도 포기하지 말 것. 희망을 놓지 않을 때, 변화는 시작되니까.

더 나은 세상을 꿈꾸며 던지는 동전 한 닢

작년 2018년 한 해 나에게 있어 최대의 화두는 페미니즘이었다. 1월, 볼리비아에서 발생한 사십 대 한국 여성의 사망 사고 뉴스를 접하고 느꼈던 엄청난 분노와 충격이 그 시작이었다. 돌아가신 분에 대한 애도를 넘어 "여자가 겁도 없이 혼자 여행을 가는 것이 잘못"이라고 말하는 이 이상한 세상에 대한 분노였다.

어디부터 잘못된 것일까. 내가 잘못된 것인가. 생각해보니 살아오는 동안 정말 불편하고, 억울하고, 힘들었어. 우리나라만의 문제가 아냐. 이런 세상이 정상일 리 없잖아. 이런 생각의 흐름 끝에 페미니즘 공부를 시작했다. 난 원래 고민이 생기면 닥치고 책부터 찾아 읽는 성격이다. 혼자 책을 찾아 읽다가 버거워져 독서모임도 찾아갔고, 내친김에 제대로 공부를 해볼까 싶어 대학원 여성학과의 문도 두드렸다(아쉽게도 떨어졌지만).

페미니즘을 알고 나니 그동안 설명되지 않던 세상의 부조리함에 이름이 붙여지기 시작했다. 맨스플레인, 백래시, 펜스룰, 미투, 명예남성 등등. 그제야 내가 잘못된 게 아니라는 안도감에 마음이 단단해졌다.

그 와중에 우리 사회도 무섭도록 빠르게 변화해가기 시작했다. 법조계, 정치계, 문화계, 종교계, 연예계 할 것 없이 미투운동이 시작됐다. 불법 동영상 촬영 제제를 촉구하는 시위에는 십만 명이 넘는 여성들이 붉은 옷을 입고 쏟아져 나왔다. 나도 그중 하나였다. 사건이 일어날 때마다 분노의 응어리를 글로 쏟아내 SNS에 올리기도 하고, 시위에도 참여해 작은 목소리나마 보탰다.

폭풍 같은 한 해가 다 지나고 2019년 새해가 밝은 지금, 사실상 크게 변한 것은 없다. 피해자들이 죽을 용기로 고발한 가해자들은 무죄 혹은 성에 안 차는 처분을 받았고, 메갈리아, 워마드 등의 극렬 페미니즘 사이트들이 빛의 속도로 폐쇄

되는 동안 일베 같은 사이트는 여전히 건재하고 있으니까.

그러나 우리에게는 새로운 해가 밝았고, 나는 이렇게 새로운 책 하나를 써서 세상에 내보낸다. 페미니즘 전공자도 아닌, 유명 인플루언서도 아닌 평범한 기혼여성의 자기 고백서가 과연 동전 한 닢만큼의 영향을 미칠까 싶지만, 단 한 명이라도 내 이야기를 읽고 위안이나 용기를 얻을 수 있다면 좋겠다.

나는 새해에도 멈추지 않고 더 훌륭한 페미니스트가 되기 위해 할 수 있는 일을 해낼 작정이다. 페미니스트가 된다는 건 결국 더 나은 인간이 된다는 의미다. 나뿐만 아니라 우리 후대 사람들이 살아갈 세상을 생각하고, 내 가족뿐만 아니라 온 세상이 다 함께 잘 사는 세상을 꿈꾼다는 거다. 그 가운데 내가 있음을 잊지 말아야 할 것이다. 내가 나아지는 만큼, 딱 그만큼 이 세상도 진보한다고 믿는다.

에필로그 ²

그래도 누군가가 있다

"언니는 대단한 것 같아요. 그런 얘기를 오픈된 공간에 쓴다는 게……."

"그런 얘기라니?"

(입 모양으로) "성추행, 성폭력 그런 거."

"아아. 나도 처음엔 못했지. 하도 오래전의 일이라 이젠 단련이 돼서 그래. 지금은 아무렇지 않아."

"난 죽을 때까지 못할 것 같아. 꺼내봤자 주변 사람들도 불편하고, 나도 속상하고. 그냥 잊으려고 애쓰는 게 더 나아."

언젠가 친한 동생과 나눈 대화의 일부다. 자세히 묻지는 않았지만, 여자끼리는 다 아는 얘기. 혼자서는 택시도 못 탄다는 그가 안쓰러웠다. 잊으려고 애쓴다고 잊히는 것이 아니기에 더 안타까웠다. 나도 입 밖에 소리 내어 말하기까지 십년이 넘는 시간이 걸렸기에. 그럼에도 불구하고 상처가 내 안에서 곪기를 기다리는 것보다 밖으로 끄집어내 산화시키는 것이, 약자의 목소리나마 자꾸만 소리 내어 공유하고 연대하는 것이 더 큰 힘을 모은다는 사실을 알고 있기에 나는 말하기를 결심했다고 얘기했다. 밝고 명랑한 친구는 아무 대답도 없이 쓴웃음을 지었고, 그날 헤어지기 전, 심보선 시인의 시집《눈앞에 없는 사람》을 내게 선물로 사주었다.

나는 어쩌다 보니 살게 된 것이 아니다.
나는 어쩌다 보니 쓰게 된 것이 아니다.
나는 어쩌다 보니 사랑하게 된 것이 아니다.

이 사실을 나는 홀로 깨달을 수 없다.
언제나 누군가와 함께…….

— 〈인중을 긁적거리며〉 중에서 •

• 심보선, 《눈앞에 없는 사람》, 문학과지성사, 2011.

그와 헤어지고 합정동 작업실에 돌아와 시집을 읽었다. 시구가 가슴에 와 박혔다. 내 사적인 이야기를 끄집어내는 글을 쓸 때마다 남의 상처가 휘저어지는 것에 관하여 생각했다. 그러기를 바란 것은 아닌데⋯⋯. 어째서 우리의 모든 기쁨과 슬픔, 하물며 고통조차도 씨실과 날실로 가닥가닥 이어져 있는 것일까. 나는 내 스스로의 노력으로 용기를 낸 것이라 생각했는데, 그것은 용기가 아니었구나.

여기서 씀씀 이야기를 하지 않고 넘어갈 수 없다. 2015년, 합정동에 만든 여성전용 공동 작업실 '씀씀'은 내 사적인 글쓰기가 발현되는 따뜻하고 안정감 있는 요람이다. 이곳에서 나와 내 여자 친구들은 누구의 눈치도 보지 않고 자기 자신으로 존재할 수 있다. 쓰고 싶은 글을 쓰고, 서로의 글에 대해 이야기하지만 그 어떤 비판과 비난도 없다. 오로지 응원과 지지, 칭찬만이 있을 뿐이다. 저 문밖을 나가면 우리는 몇 겹의 역할을 뒤집어쓴 채 휘청거려야 하고, 온갖 평가와 시선으로부터 비교당하고, 난도질당할 것을 잘 알기 때문이다. 적어도 이 공간에서만큼은 내가 나로서 말하고, 글 쓰고, 웃고, 울고, 분노하고, 성장할 수 있기를 바랐다.

여기서 나는 많은 글을 썼다. 십 수 년 동안 누비고 다녔던 세상에 대해 찬양하는 글을 썼고, 나를 주인공으로 한, 내 인생의 이야기를 일 년 동안이나 썼다. 여자로서 겪어내야 했던 온갖 불합리한 일들에 분노를 터뜨렸고, 더 나은 내가 되기 위한 공부도 계속할 수 있었다. 생각해보니 그 모든 일은 나 홀로 할 수 없는 것들이었다. 늘 누군가가 곁에 있었다. 묵묵히 들어주고, 함께 고민하고, 화내고, 눈물 흘리고, 배꼽이 빠져라 웃어대고, 위로해준 사람들. 그게 얼마나 큰 힘이 되는지, 나는 이번 책을 쓰면서 절절히 깨달았다.

세상에 홀로 깨닫는 일은 없다. 시인이 말한 것처럼 나는 대단하지 않다. 여전히 나는 엄마를 위해 아무것도 할 수 없는 비겁한 딸이다. 옳지 않다고 생각되는 상황에서도 입을 열지 못하는 겁쟁이다. 억울한 일을 당해도 고소하고 따지기는커녕 키보드 앞에서 분노의 타이핑밖에 할 줄 모르는 비굴한 작가다. 그런 내가 글을 써도 괜찮을까. 가부장제는 사라져야 한다고, 우리 모두 페미니스트가 되자고, 소리 높여 외칠 자격이 있는 건가. 고민이 없었을 리 없다. 몇 번이고 관두고 싶었다 해도 과언이 아니다.

그럼에도 불구하고 나는 글을 썼다. 쓰는 게, 말하는 게 겁나지 않았다. 누군가 내게 '제대로 아는 것도 없으면서 나댄다'고 손가락질한다 해도 상관없다고 생각했다. 실제로 여성만 참여할 수 있는 글쓰기 모임을 공지하자 '성차별 하냐'며 악플이 달린 적이 있었다. 이는 즉시 쓰씀의 여러 친구들과 공유됐고, 유려한 문체의 반박 댓글로 총공격에 들어감으로써 빠른 시간 안에 악플러로부터 사과를 받아냈다(익명의 남성은 '너무 좋은 모임인데 남자여서 참여할 수 없다니 질투가 나서 그랬다'며 구구절절한 핑계를 댔다). 지하철에서 겪은 불쾌한 경험도 무섭지 않았다. 모임에 와서 친구들에게 털어놓기만 하면 됐다. 모두가 한마음이 되어 온갖 종류의 쌍욕을 날림으로써 사이다 들이켠 것처럼 상쾌한 마음으로 일상에 돌아갈 수 있었으니까. 여자니까, 여자끼리 알 수 있는 것들이 얼마나 많은지. 나와 같은 경험을 하고, 같은 생각을 하는 사람들이 곁에, 아니 어딘가에 있다는 것을 아는 것만으로도 우리는 절대 외롭지 않다. 더 이상 약하지 않다.

혼자서 택시를 타는 것이 무서운 당신에게, 육아 때문에 좋아하는 일을 포기해야 하는 당신에게, 억울한 일을 당하고도 결국 자신을 탓하는 당신에게, 여자는 어쩔 수 없다고 지레 포기하는 당신에게, 다 잘 해내고 싶어 버둥거리지만 결국 엉망진창인 현실만 맞닥뜨리고 마는 당신에게…… 세상의 수많은 여자 친구들에게 하고 싶었던 이야기는 그런 것이었다. 당신은 절대 혼자가 아니라고. 눈앞에 보이지 않지만, 어딘가에 당신을 마음 깊이 이해하고 눈물 흘려줄 누군가가 있다는 것을 믿으라고. 눈 감고 조용히 귀 기울이면 어디선가 목소리가 들려올 것이다. 그 목소리는 조용하지만 강력해서, 고요하지만 뜨거워서 세상의 어떤 비난과 두려움도 두렵지 않게 만든다.

내가 쓰는 글이 세상을 바꿀 거라고 생각하지 않는다. 오직 당신에게 가닿기를. 당신만 그런 것이 아니라고, 절대 혼자가 아니라고, 한 줌의 위로라도 전할 수 있기를 바란다. 아주 조금만 욕심을 가져본다면, 혼자 상처를 끌어안지 말고 자꾸만 소리 내어 이야기할 줄 아는 용기를 갖게 되기를. 씀씀에서는 지금도 매주 글쓰기 모임이 열리고 있다. 내가 준비하는 건 갓 내린 따뜻한 커피와 눈물을 닦아줄 수 있는 휴지 한 통. 그것만으로도 충분하다는 걸 우리는 잘 아니까. 이 안에서 우리가 공유하고 써내는 이야기로 세상이 조금씩 나아진다고 믿으니까. 용기에 대한 격언 중 가장 내 마음을 깊게 사로잡은 한나 아렌트의 목소리로 이 글을 맺는다.

　우리가 지금 영웅의 필수 자질로 여기는 용기의 의미는 사실상 기꺼이 행위하고 말하려는 의지에 이미 들어 있다. 용기는 결과로 인한 고통을 감수하려는 자발성과 반드시 관계있지 않다. 용기와 대담성은 사적 은신처를 떠나 자기가 누구인가를 보여줄 때, 즉 자아를 열거나 노출할 때 이미 나타난다. 말과 행위, 자유가 가능하기 위해 반드시 필요한 원래의 용기는 비록 영웅이 우연히 겁쟁이로 밝혀진다고 해도 위대하고, 어쩌면 더 위대할지 모른다.•

2019년 2월
홍아미

• 한나 아렌트 지음, 이진우 옮김, 《인간의 조건》, 한길사, 2017.

조금씩 천천히 페미니스트 되기

1판 1쇄 발행 2019년 3월 15일

지은이 홍아미
펴낸이 윤혜준 | 편집장 구본근 | 고문 손달진 | 디자인 박정민

펴낸곳 도서출판 폭스코너 | 출판등록 제2015-000059호(2015년 3월 11일)
주소 서울시 마포구 월드컵북로 400 문화콘텐츠센터 5층 15호(우 03925)
전화 02-3291-3397 | 팩스 02-3291-3338 | 이메일 foxcorner15@naver.com
페이스북 www.facebook.com/foxcorner15 | 블로그 https://blog.naver.com/foxcorner15

종이 광명지업(주) | 인쇄 수이북스 | 제본 국일문화사

ⓒ 홍아미, 2019

ISBN 979-11-87514-22-0 (03810)

- 이 도서의 국립중앙도서관 출판예정도서목록(CIP)은 서지정보유통지원시스템 홈페이지
  (http://seoji.nl.go.kr)와 국가자료공동목록시스템(http://www.nl.go.kr/kolisnet)에서
  이용하실 수 있습니다.(CIP제어번호: CIP2019004606)